VICTOR HUGO

LES

MISÉRABLES

TROISIÈME PARTIE

MARIUS

I

PÁRIS

PAGNERRE, LIBRAIRE-EDITEUR

18 RUE DE SEINE 18

M DCCC LXII

LES

MISÉRABLES

TOME CINQUIÈME

ÉDITEURS

A. LACROIX, VERBOECKHOVEN ET C⁰

A BRUXELLES

PARIS — IMPRIMERIE DE J. CLAYE, RUE SAINT-BENOIT, 7

VICTOR HUGO

LES

MISÉRABLES

TROISIEME PARTIE

MARIUS

I

PARIS

PAGNERRE, LIBRAIRE-ÉDITEUR

18 RUE DE SEINE 18

MDCCCLXII

TROISIÈME PARTIE

MARIUS

LIVRE PREMIER

PARIS ÉTUDIÉ DANS SON ATOME

I

PARVULUS

Paris a un enfant et la forêt a un oiseau; l'oiseau s'appelle le moineau; l'enfant s'appelle le gamin.

Accouplez ces deux idées qui contiennent, l'une toute la fournaise, l'autre toute l'aurore, choquez ces étincelles, Paris, l'enfance; il en jaillit un petit être. *Homuncio,* dirait Plaute.

Ce petit être est joyeux. Il ne mange pas tous

les jours et il va au spectacle, si bon lui semble,
tous les soirs. Il n'a pas de chemise sur le corps,
pas de souliers aux pieds, pas de toit sur la tête ;
il est comme les mouches du ciel qui n'ont rien de
tout cela. Il a de sept à treize ans, vit par bandes,
bat le pavé, loge en plein air, porte un vieux pantalon de son père qui lui descend plus bas que les
talons, un vieux chapeau de quelque autre père
qui lui descend plus bas que les oreilles, une seule
bretelle en lisière jaune. court, guette, quête, perd
le temps, culotte des pipes, jure comme un damné,
hante le cabaret, connaît des voleurs, tutoie des
filles, parle argot, chante des chansons obscènes,
et n'a rien de mauvais dans le cœur. C'est qu'il a
dans l'âme une perle, l'innocence; et les perles ne
se dissolvent pas dans la boue. Tant que l'homme
est enfant, Dieu veut qu'il soit innocent.

Si l'on demandait à l'énorme ville : Qu'est-ce
que c'est que cela? elle répondrait : C'est mon
petit.

II

QUELQUES-UNS DE SES SIGNES PARTICULIERS

Le gamin de Paris, c'est le nain de la géante.

N'exagérons point, ce chérubin du ruisseau a quelquefois une chemise, mais alors il n'en a qu'une ; il a quelquefois des souliers, mais alors ils n'ont point de semelles ; il a quelquefois un logis, et il l'aime, car il y trouve sa mère ; mais il préfère la rue, parce qu'il y trouve la liberté. Il a ses jeux à lui, ses malices à lui dont la haine des bourgeois fait le fond ; ses métaphores à lui ; être mort, cela s'appelle *manger des pissenlits par la racine;* ses métiers à lui, amener des fiacres, baisser les marchepieds des voitures, établir des péages d'un côté de la rue à l'autre dans les grosses pluies, ce qu'il appelle faire *des ponts des arts,* crier les discours prononcés par l'autorité en faveur du peuple français, gratter l'entre-deux des pavés ; il a sa monnaie à lui, qui se compose de tous les petits morceaux de cuivre façonné qu'on peut trouver sur la voie publique. Cette curieuse monnaie, qui prend le nom de *loques,* a un cours invariable et fort bien réglé dans cette petite bohème d'enfants.

Enfin il a sa faune à lui, qu'il observe studieusement dans des coins ; la bête à bon Dieu, le puceron tête-de-mort, le faucheux, « le diable, » insecte noir qui menace en tordant sa queue armée de deux cornes. Il a son monstre fabuleux qui a des écailles sous le ventre et qui n'est pas un lézard, qui a des pustules sur le dos et qui n'est pas un crapaud, qui habite les trous des vieux fours à chaux et des puisards desséchés, noir, velu, visqueux, rampant, tantôt lent, tantôt rapide, qui ne crie pas, mais qui regarde, et qui est si terrible

que personne ne l'a jamais vu ; il nomme ce monstre
« le sourd. » Chercher des sourds dans les pierres,
c'est un plaisir du genre redoutable. Autre plaisir,
lever brusquement un pavé, et voir des cloportes.
Chaque région de Paris est célèbre par les trou-
vailles intéressantes qu'on peut y faire. Il y a des
perce-oreilles dans les chantiers des Ursulines, il
y a des mille-pieds au Panthéon, il y a des têtards
dans les fossés du Champ-de-Mars.

Quant à des mots, cet enfant en a comme Talleyrand. Il n'est pas moins cynique, mais il est plus
honnête. Il est doué d'on ne sait quelle jovialité
imprévue ; il ahurit le boutiquier de son fou rire.
Sa gamme va gaillardement de la haute comédie
à la farce.

Un enterrement passe. Parmi ceux qui accom-
pagnent le mort, il y a un médecin. — Tiens, s'é-
crie un gamin, depuis quand les médecins repor-
tent-ils leur ouvrage?

Un autre est dans une foule. Un homme grave,
orné de lunettes et de breloques, se retourne indigné : — Vaurien, tu viens de prendre « la taille »
à ma femme. — Moi, monsieur! fouillez-moi.

III

IL EST AGRÉABLE

Le soir, grâce à quelques sous qu'il trouve toujours moyen de se procurer, l'*homuncio* entre à un
théâtre. En franchissant ce seuil magique, il se
transfigure; il était le gamin, il devient le titi. Les
théâtres sont des espèces de vaisseaux retournés
qui ont la cale en haut. C'est dans cette cale que
le titi s'entasse. Le titi est au gamin ce que la pha-
lène est à la larve; le même être envolé et pla-

nant. Il suffit qu'il soit là, avec son rayonnement de bonheur, avec sa puissance d'enthousiasme et de joie, avec son battement de mains qui ressemble à un battement d'ailes, pour que cette cale étroite, fétide, obscure, sordide, malsaine, hideuse, abominable, se nomme le Paradis.

Donnez à un être l'inutile et ôtez-lui le nécessaire, vous aurez le gamin.

Le gamin n'est pas sans quelque intuition littéraire. Sa tendance, nous le disons avec la quantité de regret qui convient, ne serait point le goût classique. Il est, de sa nature, peu académique. Ainsi, pour donner un exemple, la popularité de mademoiselle Mars dans ce petit public d'enfants orageux était assaisonnée d'une pointe d'ironie. Le gamin l'appelait mademoiselle *Muche*.

Cet être braille, raille, gouaille, bataille, a des chiffons comme un bambin et des guenilles comme un philosophe, pêche dans l'égout, chasse dans le cloaque, extrait la gaieté de l'immondice, fouaille de sa verve les carrefours, ricane et mord, siffle et chante, acclame et engueule, tempère Alleluia par Matanturlurette, psalmodie tous les rhythmes depuis le De Profundis jusqu'à la Chie-en-lit, trouve sans chercher, sait ce qu'il ignore, est spartiate jusqu'à la filouterie, est fou jusqu'à la sagesse, est lyrique jusqu'à l'ordure, s'accroupirait sur l'Olympe, se vautre dans le fumier et en sort couvert d'étoiles. Le gamin de Paris, c'est Rabelais petit.

Il n'est pas content de sa culotte s'il n'y a point de gousset de montre.

Il s'étonne peu, s'effraye encore moins, chansonne les superstitions, dégonfle les exagérations, blague les mystères, tire la langue aux revenants, dépoétise les échasses, introduit la caricature dans les grossissements épiques. Ce n'est pas qu'il soit prosaïque; loin de là; mais il remplace la vision solennelle par la fantasmagorie farce. Si Adamastor lui apparaissait, le gamin dirait : Tiens! Croque-mitaine !

IV

IL PEUT ÊTRE UTILE

Paris commence au badaud et finit au gamin,
deux êtres dont aucune autre ville n'est capable ;
l'acceptation passive qui se satisfait de regarder,
et l'initiative inépuisable ; Prudhomme et Fouillou.
Paris seul a cela dans son histoire naturelle. Toute
la monarchie est dans le badaud. Toute l'anarchie
est dans le gamin.

Ce pâle enfant des faubourgs de Paris vit et se

développe, se noue et « se dénoue » dans la souffrance, en présence des réalités sociales et des
choses humaines, témoin pensif. Il se croit lui-
même insouciant ; il ne l'est pas. Il regarde, prêt
à rire ; prêt à autre chose aussi. Qui que vous
soyez qui vous nommez Préjugé, Abus, Ignomi-
nie, Oppression, Iniquité, Despotisme, Injustice,
Fanatisme, Tyrannie, prenez garde au gamin
béant.

Ce petit grandira.

De quelle argile est-il fait ? de la première fange
venue. Une poignée de boue, un souffle, et voilà
Adam. Il suffit qu'un Dieu passe. Un Dieu a toujours passé sur le gamin. La fortune travaille à ce
petit être. Par ce mot la fortune, nous entendons
un peu l'aventure. Ce pygmée pétri à même dans
la grosse terre commune, ignorant, illettré, ahuri,
vulgaire, populacier, sera-ce un ionien ou un
béotien ? Attendez, *currit rota,* l'esprit de Paris,
ce démon qui crée les enfants du hasard et les
hommes du destin, au rebours du potier latin, fait
de la cruche une amphore.

V

SES FRONTIÈRES

Le gamin aime la ville, il aime aussi la solitude,
ayant du sage en lui. *Urbis amator,* comme Fus-
cus; *ruris amator,* comme Flaccus.

Errer songeant, c'est-à-dire flâner, est un bon
emploi du temps pour le philosophe; particulière-
ment dans cette espèce de campagne un peu bâ-
tarde, assez laide, mais bizarre et composée de
deux natures, qui entoure certaines grandes villes,

notamment Paris. Observer la banlieue, c'est observer l'amphibie. Fin des arbres, commencement
des toits, fin de l'herbe, commencement du pavé,
fin des sillons, commencement des boutiques, fin
des ornières, commencement des passions, fin du
murmure divin, commencement de la rumeur humaine; de là un intérêt extraordinaire.

De là, dans ces lieux peu attrayants, et marqués
à jamais par le passant de l'épithète : *triste*, les
promenades, en apparence sans but, du songeur.

Celui qui écrit ces lignes a été longtemps rôdeur
de barrières à Paris, et c'est pour lui une source
de souvenirs profonds. Ce gazon ras, ces sentiers
pierreux, cette craie, ces marnes, ces plâtres, ces
âpres monotonies des friches et des jachères, les
plants de primeurs des maraîchers aperçus tout à
coup dans un fond, ce mélange du sauvage et du
bourgeois, ces vastes recoins déserts où les tam-
bours de la garnison tiennent bruyamment école et
font une sorte de bégayement de la bataille, ces
thébaïdes le jour, coupe-gorge la nuit, le moulin
déjingandé qui tourne au vent, les roues d'extrac-
tion des carrières, les guinguettes au coin des ci-
metières, le charme mystérieux des grands murs

sombres coupant carrément d'immenses terrains vagues inondés de soleil et pleins de papillons, tout cela l'attirait.

Presque personne sur la terre ne connaît ces lieux singuliers, la Glacière, la Cunette, le hideux mur de Grenelle tigré de balles, le Mont-Parnasse, la Fosse-aux-Loups, les Aubiers sur la berge de la Marne, Mont-Souris, la Tombe-Issoire, la Pierre-Plate de Châtillon où il y a une vieille carrière épuisée qui ne sert plus qu'à faire pousser des champignons, et que ferme à fleur de terre une trappe en planches pourries. La campagne de Rome est une idée, la banlieue de Paris en est une autre ; ne voir dans ce que nous offre un horizon rien que des champs, des maisons ou des arbres, c'est rester à la surface ; tous les aspects des choses sont des pensées de Dieu. Le lieu où une plaine fait sa jonction avec une ville est toujours empreint d'on ne sait quelle mélancolie pénétrante. La nature et l'humanité vous y parlent à la fois. Les originalités locales y apparaissent.

Quiconque a erré comme nous dans ces solitudes contiguës à nos faubourgs qu'on pourrait nommer les limbes de Paris, y a entrevu çà et là, à l'endroit le plus abandonné, au moment le plus inattendu, derrière une haie maigre ou dans l'angle d'un mur lugubre, des enfants, groupés tumultueusement, fétides, boueux, poudreux, dépenaillés, hérissés, qui jouent à la pigoche couronnés de bleuets. Ce sont tous les petits échappés des familles pauvres. Le boulevard extérieur est leur milieu respirable; la banlieue leur appartient. Ils y font une éternelle école buissonnière. Ils y chantent ingénument leur répertoire de chansons malpropres. Ils sont là, ou pour mieux dire, ils existent là, loin de tout regard, dans la douce clarté de mai ou de juin, agenouillés autour d'un trou dans la terre, chassant des billes avec le pouce, se disputant des liards, irresponsables, envolés, lâchés, heureux; et, dès qu'ils vous aperçoivent, ils se souviennent qu'ils ont une industrie, et qu'il leur faut gagner leur vie, et ils vous offrent à vendre un vieux bas de laine plein de hannetons ou une touffe de lilas. Ces rencontres d'enfants étranges sont une des grâces charmantes, et en même temps poignantes, des environs de Paris.

Quelquefois, dans ces tas de garçons, il y a des petites filles, — sont-ce leurs sœurs? — presque

jeunes filles, maigres, fiévreuses, gantées de hâle,
marquées de taches de rousseur, coiffées d'épis de
seigle et de coquelicots, gaies, hagardes, pieds nus.
On en voit qui mangent des cerises dans les blés.
Le soir on les entend rire. Ces groupes, chaude-
ment éclairés de la pleine lumière de midi ou
entrevus dans le crépuscule, occupent longtemps
le songeur, et ces visions se mêlent à son rêve.

Paris, centre, la banlieue, circonférence; voilà
pour ces enfants toute la terre. Jamais ils ne se ha-
sardent au delà. Ils ne peuvent pas plus sortir de
l'atmosphère parisienne que les poissons ne peuvent
sortir de l'eau. Pour eux, à deux lieues des barrières, il n'y a plus rien : Ivry, Gentilly, Arcueil,
Belleville, Aubervilliers, Ménilmontant, Choisy-le-
Roi, Billancourt, Meudon, Issy, Vanvre, Sèvres,
Puteaux, Neuilly, Gennevilliers, Colombes, Ro-
mainville, Chatou, Asnières, Bougival, Nanterre,
Enghien, Noisy-le-Sec, Nogent, Gournay, Drancy,
Gonesse; c'est là que finit l'univers.

VI

UN PEU D'HISTOIRE

A l'époque, d'ailleurs presque contemporaine, où se passe l'action de ce livre, il n'y avait pas, comme aujourd'hui, un sergent de ville à chaque coin de rue (bienfait qu'il n'est pas temps de discuter); les enfants errants abondaient dans Paris. Les statistiques donnent une moyenne de deux cent soixante enfants sans asile ramassés alors annuellement par les rondes de police dans les terrains non clos, dans les maisons en construction et sous les arches des ponts. Un de ces nids, resté fameux, a produit « les hirondelles du pont d'Arcole. » C'est là, du reste, le plus désastreux des symptômes sociaux. Tous les crimes de l'homme commencent au vagabondage de l'enfant.

Exceptons Paris pourtant. Dans une mesure relative, et nonobstant le souvenir que nous venons de rappeler, l'exception est juste. Tandis que dans toute autre grande ville un enfant vagabond est un homme perdu, tandis que, presque partout, l'enfant livré à lui-même est en quelque sorte dévoué et abandonné à une sorte d'immersion fatale dans les vices publics qui dévore en lui l'honnêteté et la conscience, le gamin de Paris, insistons-y, si fruste et si entamé à la surface, est intérieurement à peu près intact. Chose magnifique à constater et qui éclate dans la splendide probité de nos révolutions populaires, une certaine incorruptibilité résulte de l'idée qui est dans l'air de Paris comme du sel qui est dans l'eau de l'Océan. Respirer Paris, cela conserve l'âme.

Ce que nous disons là n'ôte rien au serrement

de cœur dont on se sent pris chaque fois qu'on
rencontre un de ces enfants autour desquels il
semble qu'on voit flotter les fils de la famille brisée.
Dans la civilisation actuelle, si incomplète encore,
ce n'est point une chose très-anormale que ces
fractures de familles se vidant dans l'ombre, ne
sachant plus trop ce que leurs enfants sont devenus, et laissant tomber leurs entrailles sur la voie
publique. De là des destinées obscures. Cela s'appelle, car cette chose triste a fait locution, « être
« jeté sur le pavé de Paris. »

Soit dit en passant, ces abandons d'enfants
n'étaient point découragés par l'ancienne monarchie. Un peu d'Égypte et de Bohême dans les
basses régions accommodait les hautes sphères, et
faisait l'affaire des puissants. La haine de l'enseignement des enfants du peuple était un dogme. A
quoi bon « les demi-lumières? » Tel était le mot
d'ordre. Or l'enfant errant est le corollaire de
l'enfant ignorant.

D'ailleurs, la monarchie avait quelquefois besoin
d'enfants, et alors elle écumait la rue.

Sous Louis XIV, pour ne pas remonter plus
haut, le roi voulait, avec raison, créer une flotte.

L'idée était bonne. Mais voyons le moyen. Pas de flotte si, à côté du navire à voiles, jouet du vent, et pour le remorquer au besoin, on n'a pas le navire qui va où il veut, soit par la rame, soit par la vapeur; les galères étaient alors à la marine ce que sont aujourd'hui les steamers. Il fallait donc des galères; mais la galère ne se meut que par le galérien; il fallait donc des galériens. Colbert faisait faire par les intendants de province et par les parlements le plus de forçats qu'il pouvait. La magistrature y mettait beaucoup de complaisance. Un homme gardait son chapeau sur sa tête devant une procession, attitude huguenote; on l'envoyait aux galères. On rencontrait un enfant dans la rue; pourvu qu'il eût quinze ans et qu'il ne sût où coucher, on l'envoyait aux galères. Grand règne; grand siècle.

Sous Louis XV, les enfants disparaissaient dans Paris; la police les enlevait, on ne sait pour quel mystérieux emploi. On chuchotait avec épouvante de monstrueuses conjectures sur les bains de pourpre du roi. Barbier parle naïvement de ces choses. Il arrivait parfois que les exempts, à court d'enfants, en prenaient qui avaient des pères. Les

pères, désespérés, couraient sus aux exempts. En
ce cas-là, le parlement intervenait, et faisait pen-
dre, qui? Les exempts? Non, les pères.

VII

LE GAMIN AURAIT SA PLACE DANS LES
CLASSIFICATIONS DE L'INDE

La gaminerie parisienne est presque une caste. On pourrait dire : n'en est pas qui veut.

Ce mot, *gamin,* fut imprimé pour la première fois et arriva de la langue populaire dans la langue littéraire en 1834. C'est dans un opuscule intitulé *Claude Gueux* que ce mot fit son apparition. Le scandale fut vif. Le mot a passé.

Les éléments qui constituent la considération des

gamins entre eux sont très-variés. Nous en avons
connu et pratiqué un qui était fort respecté et fort
admiré pour avoir vu tomber un homme du haut
des tours de Notre-Dame; un autre, pour avoir
réussi à pénétrer dans l'arrière-cour où étaient mo-
mentanément déposées les statues du dôme des
Invalides et leur avoir « chipé » du plomb; un
troisième, pour avoir vu verser une diligence; un
autre encore, parce qu'il « connaissait » un soldat
qui avait manqué crever un œil à un bourgeois.

C'est ce qui explique cette exclamation d'un gamin parisien, épiphonème profond dont le vulgaire
rit sans le comprendre. — *Dieu de Dieu! ai-je du
malheur! dire que je n'ai pas encore vu quelqu'un
tomber d'un cinquième!* (*Ai-je* se prononce *j'ai-t-y*;
cinquième se prononce *cintième*.)

Certes, c'est un beau mot de paysan que celui-ci :
— Père un tel, votre femme est morte de sa maladie; pourquoi n'avez-vous pas envoyé chercher
de médecin? — Que voulez-vous, monsieur, nous
autres pauvres gens, *j'nous mourons nous-mêmes.*
Mais si toute la passivité du paysan est dans ce
mot, toute l'anarchie libre-penseuse du mioche
faubourien est, à coup sûr, dans cet autre. Un con-

damné à mort dans la charrette écoute son con-
fesseur. L'enfant de Paris se récrie : — *Il parle à
son calotin. Oh ! le capon !*

Une certaine audace en matière religieuse re-
hausse le gamin. Être esprit fort est important.

Assister aux exécutions constitue un devoir. On
se montre la guillotine et l'on rit. On l'appelle de
toutes sortes de petits noms : — Fin de la soupe.
— Grognon, — La Mère au Bleu (au ciel), —
La Dernière Bouchée, — etc., etc. Pour ne rien
perdre de la chose, on escalade les murs, on se
hisse aux balcons, on monte aux arbres, on se
suspend aux grilles, on s'accroche aux cheminées.
Le gamin naît couvreur comme il naît marin. Un
toit ne lui fait pas plus peur qu'un mât. Pas de fête
qui vaille la Grève. Samson et l'abbé Montès sont
les vrais noms populaires. On hue le patient pour
l'encourager. On l'admire quelquefois. Lacenaire,
gamin, voyant l'affreux Dautun mourir bravement,
a dit ce mot où il y a un avenir : *J'en étais jaloux.*
Dans la gaminerie, on ne connaît pas Voltaire,
mais on connaît Papavoine. On mêle dans la même
légende « les politiques » aux assassins. On a les
traditions du dernier vêtement de tous. On sait que

Tolleron avait un bonnet de chauffeur, Avril une casquette de loutre, Louvel un chapeau rond, que le vieux Delaporte était chauve et nu-tête, que Castaing était tout rose et très-joli. que Bories avait une barbiche romantique, que Jean-Martin avait gardé ses bretelles, que Lecouffé et sa mère se querellaient. — *Ne vous reprochez donc pas votre panier,* leur cria un gamin. Un autre, pour voir passer Debacker, trop petit dans la foule, avise la lanterne du quai et y grimpe. Un gendarme, de station là, fronce le sourcil. — Laissez-moi monter. m'sieu le gendarme, dit le gamin. Et pour attendrir l'autorité, il ajoute : Je ne tomberai pas. — Je m'importe peu que tu tombes, répond le gendarme.

Dans la gaminerie, un accident mémorable est fort compté. On parvient au sommet de la considération s'il arrive qu'on se coupe très-profondément, « jusqu'à l'os. »

Le poing n'est pas un médiocre élément de respect. Une des choses que le gamin dit le plus volontiers, c'est : *Je suis joliment fort, va !* — Être gaucher vous rend fort enviable. Loucher est une chose estimée.

VIII

OU ON LIRA UN MOT CHARMANT DU DERNIER ROI

L'été, il se métamorphose en grenouille ; et le
soir, à la nuit tombante, devant les ponts d'Austerlitz et d'Iéna, du haut des trains à charbon et des
bateaux de blanchisseuses, il se précipite tête
baissée dans la Seine et dans toutes les infractions
possibles aux lois de la pudeur et de la police. Cependant les sergents de ville veillent, et il en résulte
une situation hautement dramatique qui a donné

lieu une fois à un cri fraternel et mémorable; ce cri, qui fut célèbre vers 1830, est un avertissement stratégique de gamin à gamin ; il se scande comme un vers d'Homère, avec une notation presque aussi inexprimable que la mélopée éleusiaque des Pana-thénées, et l'on y retrouve l'antique Évohé. Le voici : — *Ohé, Titi, ohééc ! y a de la grippe, y a de la cogne, prends tes zardes et va-t'en, pdsse par l'égout !*

Quelquefois ce moucheron — c'est ainsi qu'il se qualifie lui-même — sait lire ; quelquefois il sait écrire, toujours il sait barbouiller. Il n'hésite pas à se donner, par on ne sait quel mystérieux enseigne-ment mutuel, tous les talents qui peuvent être utiles à la chose publique : de 1815 à 1830, il imitait le cri du dindon ; de 1830 à 1848, il griffonnait une poire sur les murailles. Un soir d'été, Louis-Phi-lippe, rentrant à pied, en vit un, tout petit, haut comme cela, qui suait et se haussait pour char-bonner une poire gigantesque sur un des piliers de la grille de Neuilly; le roi, avec cette bonhomie qui lui venait de Henri IV, aida le gamin, acheva la poire, et donna un louis à l'enfant en lui disant : *La poire est aussi là-dessus.* Le gamin aime le

hourvari. Un certain état violent lui plaît. Il exècre
« les curés. » Un jour, rue de l'Université, un de
ces jeunes drôles faisait un pied de nez à la porte
cochère du numéro 69. — Pourquoi fais-tu cela à
cette porte? lui demanda un passant. L'enfant répondit : Il y a là un curé. C'est là, en effet, que
demeure le nonce du pape. Cependant, quel que
soit le voltairianisme du gamin, si l'occasion se pré-
sente d'être enfant de chœur, il se peut qu'il accepte, et dans ce cas il sert la messe poliment. Il
y a deux choses dont il est le Tantale et qu'il désire toujours sans y atteindre jamais : renverser le
gouvernement et faire recoudre son pantalon.

Le gamin à l'état parfait possède tous les sergents de ville de Paris, et sait toujours, lorsqu'il
en rencontre un, mettre le nom sous la figure. Il les
dénombre sur le bout du doigt. Il étudie leurs
mœurs, et il a sur chacun des notes spéciales. Il lit
à livre ouvert dans les âmes de la police. Il vous
dira couramment et sans broncher : — « Un tel est
« *traître;* un tel est *très-méchant;* un tel est *grand;*
« un tel est *ridicule;* » (tous ces mots : traître,
méchant, grand, ridicule, ont dans sa bouche une
acception particulière) — « celui-ci s'imagine

« que le Pont-Neuf est à lui et empêche *le monde*

« de se promener sur la corniche en dehors des

« parapets ; celui-là a la manie de tirer les oreilles

« aux *personnes ;* — etc., etc. »

IX

LA VIEILLE AME DE LA GAULE

Il y avait de cet enfant-là dans Poquelin, fils des halles; il y en avait dans Beaumarchais. La gaminerie est une nuance de l'esprit gaulois. Mêlée au bon sens, elle lui ajoute parfois de la force. comme l'alcool au vin. Quelquefois elle est défaut. Homère rabâche, soit; on pourrait dire que Voltaire gamine. Camille Desmoulins était faubourien. Championnet, qui brutalisait les miracles, était sorti du pavé de Paris ; il avait, tout petit, *inondé les portiques* de Saint-Jean de Beauvais et de Saint-Étienne du Mont ; il avait assez tutoyé la châsse de sainte Geneviève pour donner des ordres à la fiole de saint Janvier.

Le gamin de Paris est respectueux, ironique et insolent. Il a de vilaines dents parce qu'il est mal nourri et que son estomac souffre, et de beaux yeux parce qu'il a de l'esprit. Jéhovah présent, il sauterait à cloche-pied les marches du paradis. Il est fort à la savate. Toutes les croissances lui sont possibles. Il joue dans le ruisseau et se redresse par l'émeute ; son effronterie persiste devant la mitraille ; c'était un polisson, c'est un héros ; ainsi que le petit thébain, il secoue la peau du lion ; le tambour Barra était un gamin de Paris ; il crie : En avant ! comme le cheval de l'Écriture dit : Vah ! et en une minute, il passe du marmot au géant.

Cet enfant du bourbier est aussi l'enfant de l'idéal. Mesurez cette envergure qui va de Molière à Barra.

Somme toute, et pour tout résumer d'un mot, le gamin est un être qui s'amuse, parce qu'il est malheureux.

X

.

ECCE PARIS, ECCE HOMO

Pour tout résumer encore, le gamin de Paris aujourd'hui, comme autrefois le græculus de Rome,
c'est le peuple enfant ayant au front la ride du
monde vieux.

Le gamin est une grâce pour la nation, et en
même temps une maladie; maladie qu'il faut gué-
rir; comment? par la lumière.

La lumière assainit.

La lumière allume.

Toutes les généreuses irradiations sociales sortent de la science, des lettres, des arts, de l'enseignement. Faites des hommes, faites des hommes. Éclairez-les pour qu'ils vous échauffent. Tôt ou tard la splendide question de l'instruction universelle se posera avec l'irrésistible autorité du vrai absolu; et alors ceux qui gouverneront sous la surveillance de l'idée française auront à faire ce choix : les enfants de la France ou les gamins de Paris; des flammes dans la lumière ou des feux follets dans les ténèbres.

Le gamin exprime Paris, et Paris exprime le monde.

Car Paris est un total. Paris est le plafond du genre humain. Toute cette prodigieuse ville est un raccourci des mœurs mortes et des mœurs vivantes. Qui voit Paris croit voir le dessous de toute l'histoire avec du ciel et des constellations dans les intervalles. Paris a un Capitole, l'Hôtel de ville, un Parthénon, Notre-Dame, un mont Aventin, le faubourg Saint-Antoine, un Asinarium, la Sorbonne, un Panthéon, le Panthéon, une voie Sacrée, le boulevard des Italiens, une tour des Vents,

l'opinion; et il remplace les gémonies par le ridicule. Son majo s'appelle le faraud, son transtévérin
s'appelle le faubourien, son hammal s'appelle le
fort de la halle, son lazzarone s'appelle le pègre,
son cockney s'appelle le gandin. Tout ce qui est
ailleurs est à Paris. La poissarde de Dumarsais
peut donner la réplique à la vendeuse d'herbes
d'Euripide, le discobole Vejanus revit dans le danseur de corde Forioso, Therapontigonus Miles
prendrait bras dessus, bras dessous, le grenadier
Vadeboncœur, Damasippe le brocanteur serait heureux chez les marchands de bric-à-brac, Vincennes
empoignerait Socrate tout comme l'Agora coffrerait
Diderot, Grimod de la Reynière a découvert le
roastbeef au suif comme Curtillus avait inventé le
hérisson rôti, nous voyons reparaître sous le ballon
de l'arc de l'Étoile le trapèze qui est dans Plaute,
le mangeur d'épées du Pœcile rencontré par Apu-
lée est avaleur de sabres sur le Pont-Neuf, le neveu de Rameau et Curculion le parasite font la
paire, Ergasile se ferait présenter chez Cambacérès
par d'Aigrefeuille; les quatre muscadins de Rome,
Alcesimarchus, Phœdromus, Diabolus et Argy-
rippe, descendent de la Courtille dans la chaise de

poste de Labatut; Aulu-Gelle ne s'arrêtait pas
plus longtemps devant Congrio que Charles No-
dier devant Polichinelle; Marton n'est pas une ti-
gresse, mais Pardalisca n'était point un dragon; Pantolabus le loustic blague au Café anglais
Nomentanus le viveur, Hermogène est ténor aux
Champs-Élysées, et, autour de lui, Thrasius le
gueux, vêtu en Bobèche, fait la quête; l'impor-
tun qui vous arrête aux Tuileries par le bouton
de votre habit vous fait répéter après deux mille
ans l'apostrophe de Thesprion : *quis properantem
me prehendit pallio?* Le vin de Surêne parodie le
vin d'Albe, le rouge bord de Désaugiers fait équi-
libre à la grande coupe de Balatron, le Père-La-
chaise exhale sous les pluies nocturnes les mêmes
lueurs que les Esquilies, et la fosse du pauvre ache-
tée pour cinq ans vaut la bière de louage de l'esclave.

Cherchez quelque chose que Paris n'ait pas. La
cuve de Trophonius ne contient rien qui ne soit
dans le baquet de Mesmer; Ergaphilas ressuscite
dans Cagliostro; le brahmine Vâsaphantâ s'incarne
dans le comte de Saint-Germain; le cimetière de
Saint-Médard fait de tout aussi bons miracles que
la mosquée Oumoumié de Damas.

Paris a un Ésope qui est Mayeux, et une Canidie qui est mademoiselle Lenormand. Il s'effare comme Delphes aux réalités fulgurantes de la vision ; il fait tourner les tables comme Dodone les trépieds. Il met la grisette sur le trône, comme Rome y met la courtisane ; et, somme toute, si Louis XV est pire que Claude, madame Dubarry vaut mieux que Messaline. Paris combine dans un type inouï, qui a vécu et que nous avons coudoyé, la nudité grecque, l'ulcère hébraïque et le quolibet gascon. Il mêle Diogène, Job et Paillasse, habille un spectre de vieux numéros du *Constitutionnel,* et fait Chodruc Duclos.

Bien que Plutarque dise : *le tyran n'envieillit guère,* Rome, sous Sylla comme sous Domitien, se résignait et mettait volontiers de l'eau dans son vin. Le Tibre était un Léthé, s'il faut en croire l'éloge un peu doctrinaire qu'en faisait Varus Vibiscus : *Contra Gracchos Tiberim habemus. Bibere Tiberim, id est seditionem oblivisci.* Paris boit un million de litres d'eau par jour, mais cela ne l'empêche pas dans l'occasion de battre la générale et de sonner le tocsin.

A cela près, Paris est bon enfant. Il accepte

royalement tout ; il n'est pas difficile en fait de
Vénus ; sa Callipyge est hottentote ; pourvu qu'il
rie, il amnistie ; la laideur l'égaye, la difformité le
désopile, le vice le distrait ; soyez drôle, et vous
pourrez être un drôle ; l'hypocrisie même, ce
cynisme suprême, ne le révolte pas ; il est si littéraire qu'il ne se bouche pas le nez devant Basile,
et il ne se scandalise pas plus de la prière de Tar-
tuffe qu'Horace ne s'effarouche du « hoquet » de
Priape. Aucun trait de la face universelle ne manque au profil de Paris. Le bal Mabile n'est pas la
danse polymnienne du Janicule, mais la reven-
deuse à la toilette y couve des yeux la lorette
exactement comme l'entremetteuse Staphyla guet-
tait la vierge Planesium. La barrière du Combat
n'est pas un Colisée, mais on y est féroce comme
si César regardait. L'hôtesse syrienne a plus de
grâce que la mère Saguet, mais, si Virgile hantait
le cabaret romain, David d'Angers, Balzac et
Charlet se sont attablés à la gargote parisienne.
Paris règne. Les génies y flamboient, les queues
rouges y prospèrent. Adonaï y passe sur son char à
douze roues de tonnerre et d'éclairs ; Silène y fait son
entrée sur sa bourrique. Silène lisez Ramponneau.

Paris est synonyme de Cosmos. Paris est Athènes, Rome, Sybaris, Jérusalem, Pantin. Toutes les civilisations y sont en abrégé, toutes les barbaries aussi. Paris serait bien fâché de n'avoir pas une guillotine.

Un peu de place de Grève est bon. Que serait toute cette fête éternelle sans cet assaisonnement ? Nos lois y ont sagement pourvu, et, grâce à elles, ce couperet s'égoutte sur ce mardi gras.

XI

RAILLER, REGNER

De limite à Paris, point. Aucune ville n'a eu
cette domination qui bafoue parfois ceux qu'elle
subjugue. *Vous plaire, ó Athéniens!* s'écriait
Alexandre. Paris fait plus que la loi, il fait la
mode ; Paris fait plus que la mode, il fait la rou-
tine. Paris peut être bête si bon lui semble ; il se
donne quelquefois ce luxe ; alors l'univers est bête
avec lui ; puis Paris se réveille, se frotte les yeux,

dit : Suis-je stupide ! et éclate de rire à la face du genre humain. Quelle merveille qu'une telle ville ! chose étrange que ce grandiose et ce burlesque fassent bon voisinage, que toute cette majesté ne soit pas dérangée par toute cette parodie, et que la même bouche puisse souffler aujourd'hui dans le clairon du jugement dernier et demain dans la flûte à l'oignon ! Paris a une jovialité souveraine. Sa gaieté est de la foudre et sa farce tient un sceptre. Son ouragan sort parfois d'une grimace. Ses explosions, ses journées, ses chefs-d'œuvre, ses prodiges, ses épopées, vont au bout de l'univers, et ses coq-à-l'âne aussi. Son rire est une bouche de volcan qui éclabousse toute la terre. Ses lazzis sont des flammèches. Il impose aux peuples ses caricatures aussi bien que son idéal ; les plus hauts monuments de la civilisation humaine acceptent ses ironies et prêtent leur éternité à ses polissonneries. Il est superbe ; il a un prodigieux 14 juillet qui délivre le globe ; il fait faire le serment du jeu de paume à toutes les nations ; sa nuit du 4 août dissout en trois heures mille ans de féodalité ; il fait de sa logique le muscle de la volonté unanime ; il se multiplie sous toutes les formes du sublime ; il

emplit de sa lueur Washington, Kosciusko, Boli-
var, Botzaris, Riégo, Bem, Manin, Lopez, John
Brown, Garibaldi ; il est partout où l'avenir s'allume, à Boston en 1779, à l'île de Léon en 1820,
à Pesth en 1848, à Palerme en 1860; il chuchote
le puissant mot d'ordre : *Liberté,* à l'oreille des
abolitionistes américains groupés au bac de Har-
per's Ferry, et à l'oreille des patriotes d'Ancône
assemblés dans l'ombre aux Archi, devant l'auberge Gozzi, au bord de la mer; il crée Canaris ;
il crée Quiroga; il crée Pisacane ; il rayonne le
grand sur la terre ; c'est en allant où son souffle les
pousse, que Byron meurt à Missolonghi et que
Mazet meurt à Barcelone ; il est tribune sous les
pieds de Mirabeau et cratère sous les pieds de
Robespierre ; ses livres, son théâtre, son art, sa
science, sa littérature, sa philosophie, sont les ma-
nuels du genre humain; il a Pascal, Régnier,
Corneille, Descartes, Jean-Jacques ; Voltaire pour
toutes les minutes, Molière pour tous les siècles ; il
fait parler sa langue à la bouche universelle, et
cette langue devient verbe ; il construit dans tous
les esprits l'idée de progrès, les dogmes libérateurs
qu'il forge sont pour les générations des épées de

chevet, et c'est avec l'âme de ses penseurs et de ses poëtes que sont faits depuis 1789 tous les héros de tous les peuples; cela ne l'empêche pas de gaminer; et ce génie énorme qu'on appelle Paris, tout en transfigurant le monde par sa lumière, charbonne le nez de Bouginier au mur du temple de Thésée et écrit *Crédeville voleur* sur les pyramides.

Paris montre toujours les dents; quand il ne gronde pas, il rit.

Tel est ce Paris. Les fumées de ses toits sont les idées de l'univers. Tas de boue et de pierre si l'on veut, mais, par-dessus tout, être moral. Il est plus que grand, il est immense. Pourquoi? parce qu'il ose.

Oser; le progrès est à ce prix.

Toutes les conquêtes sublimes sont plus ou moins des prix de hardiesse. Pour que la Révolution soit, il ne suffit pas que Montesquieu la pressente, que Diderot la prêche, que Beaumarchais l'annonce, que Condorcet la calcule, qu'Arouet la prépare, que Rousseau la prémédite; il faut que Danton l'ose.

Le cri : *Audace!* est un *Fiat lux.* Il faut, pour

la marche en avant du genre humain, qu'il y ait
sur les sommets en permanence de fières leçons de
courage. Les témérités éblouissent l'histoire et sont
une des grandes clartés de l'homme. L'aurore ose
quand elle se lève. Tenter, braver, persister, per-
sévérer, s'être fidèle à soi-même, prendre corps à
corps le destin, étonner la catastrophe par le peu
de peur qu'elle nous fait, tantôt affronter la puissance injuste, tantôt insulter la victoire ivre, tenir
bon, tenir tête; voilà l'exemple dont les peuples
ont besoin, et la lumière qui les électrise. Le même
éclair formidable va de la torche de Prométhée au
brûle-gueule de Cambronne.

XII

L'AVENIR LATENT DANS LE PEUPLE

Quant au peuple parisien, même homme fait, il est toujours le gamin; peindre l'enfant, c'est peindre la ville; et c'est pour cela que nous avons étudié cet aigle dans ce moineau franc.

C'est surtout dans les faubourgs, insistons-y, que la race parisienne apparaît; là est le pur sang; là est la vraie physionomie; là ce peuple travaille et souffre, et la souffrance et le travail sont les deux

figures de l'homme. Il y a là des quantités pro-
fondes d'êtres inconnus où fourmillent les types les
plus étranges depuis le déchargeur de la Rapée
jusqu'à l'équarrisseur de Montfaucon. *Fex urbis,*
s'écrie Cicéron ; *mob,* ajoute Burke indigné ; tourbe,
multitude, populace. Ces mots-là sont vite dits.
Mais soit. Qu'importe? qu'est-ce que cela me fait
qu'ils aillent pieds nus? Ils ne savent pas lire ; tant
pis. Les abandonnerez-vous pour cela? leur ferez-
vous de leur détresse une malédiction? la lumière
ne peut-elle pénétrer ces masses? Revenons à ce
cri : Lumière! et obstinons-nous-y! Lumière! lumière! — Qui sait si ces opacités ne deviendront
pas transparentes? les révolutions ne sont-elles pas
des transfigurations? Allez, philosophes, enseignez,
éclairez, allumez, pensez haut, parlez haut, courez
joyeux au grand soleil, fraternisez avec les places
publiques, annoncez les bonnes nouvelles, prodiguez
les alphabets, proclamez les droits, chantez les
Marseillaises, semez les enthousiasmes, arrachez
des branches vertes aux chênes. Faites de l'idée un
tourbillon. Cette foule peut être sublimée. Sachons
nous servir de ce vaste embrasement des principes
et des vertus qui pétille, éclate et frissonne à de

certaines heures. Ces pieds nus, ces bras nus, ces haillons, ces ignorances, ces abjections, ces ténèbres, peuvent être employés à la conquête de l'idéal. Regardez à travers le peuple et vous apercevrez la vérité. Ce vil sable que vous foulez aux pieds, qu'on le jette dans la fournaise, qu'il y fonde et qu'il y bouillonne, il deviendra cristal splendide, et c'est grâce à lui que Galilée et Newton découvriront les astres.

XIII

LE PETIT GAVROCHE

Huit ou neuf ans environ après les événements
racontés dans la deuxième partie de cette histoire,
on remarquait sur le boulevard du Temple et dans
les régions du Château-d'Eau un petit garçon de
onze à douze ans qui eût assez correctement réa-
lisé cet idéal du gamin ébauché plus haut, si, avec
le rire de son âge sur les lèvres, il n'eût pas eu le
cœur absolument sombre et vide. Cet enfant était

bien affublé d'un pantalon d'homme, mais il ne le tenait pas de son père, et d'une camisole de femme, mais il ne la tenait pas de sa mère. Des gens quelconques l'avaient habillé de chiffons par charité. Pourtant il avait un père et une mère. Mais son père ne songeait pas à lui et sa mère ne l'aimait point. C'était un de ces enfants dignes de pitié entre tous qui ont père et mère et qui sont orphelins.

Cet enfant ne se sentait jamais si bien que dans la rue. Le pavé lui était moins dur que le cœur de sa mère.

Ses parents l'avaient jeté dans la vie d'un coup de pied.

Il avait tout bonnement pris sa volée.

C'était un garçon bruyant, blême, leste, éveillé, goguenard, à l'air vivace et maladif. Il allait, venait, chantait, jouait à la fayousse, grattait les ruisseaux, volait un peu, mais comme les chats et les passereaux, gaiement, riait quand on l'appelait galopin, se fâchait quand on l'appelait voyou. Il n'avait pas de gîte, pas de pain, pas de feu, pas d'amour ; mais il était joyeux parce qu'il était libre.

Quand ces pauvres êtres sont des hommes, presque toujours la meule de l'ordre social les rencontre et les broie, mais tant qu'ils sont enfants, ils échappent, étant petits. Le moindre trou les sauve.

Pourtant, si abandonné que fût cet enfant, il arrivait parfois, tous les deux ou trois mois, qu'il disait : Tiens, je vais voir maman ! Alors il quittait le boulevard, le Cirque, la porte Saint-Martin, descendait aux quais, passait les ponts, gagnait les faubourgs, atteignait la Salpêtrière, et arrivait où? Précisément à ce double numéro 50-52 que le lecteur connaît, à la masure Gorbeau.

A cette époque, la masure 50-52, habituellement déserte et éternellement décorée de l'écriteau : « Chambres à louer, » se trouvait, chose rare, habitée par plusieurs individus qui, du reste, comme cela est toujours à Paris, n'avaient aucun lien ni aucun rapport entre eux. Tous appartenaient à cette classe indigente qui commence à partir du dernier petit bourgeois gêné et qui se prolonge de misère en misère dans les bas-fonds de la société jusqu'à ces deux êtres auxquels toutes les choses matérielles de la civilisation viennent aboutir, l'égoutier qui balaye la boue et le chiffonnier qui ramasse les guenilles.

La « principale locataire » du temps de Jean

Valjean était morte et avait été remplacée par une toute pareille. Je ne sais quel philosophe a dit : On ne manque jamais de vieilles femmes.

Cette nouvelle vieille s'appelait madame Burgon, et n'avait rien de remarquable dans sa vie qu'une dynastie de trois perroquets, lesquels avaient successivement régné sur son âme.

Les plus misérables entre ceux qui habitaient la masure étaient une famille de quatre personnes, le père, la mère et deux filles déjà assez grandes, tous les quatre logés dans le même galetas, une de ces cellules dont nous avons déjà parlé.

Cette famille n'offrait au premier abord rien de très-particulier que son extrême dénûment ; le père en louant la chambre avait dit s'appeler Jondrette. Quelque temps après son emménagement qui avait singulièrement ressemblé, pour emprunter l'expression mémorable de la principale locataire, à *l'entrée de rien du tout,* ce Jondrette avait dit à cette femme qui, comme sa devancière, était en même temps portière et balayait l'escalier : — Mère une telle, si quelqu'un venait par hasard demander un polonais ou un italien, ou peut-être un espagnol, ce serait moi.

Cette famille était la famille du joyeux va-nu-pieds. Il y arrivait et il y trouvait la détresse, et, ce qui est plus triste, aucun sourire; le froid dans l'âtre et le froid dans les cœurs. Quand il entrait, on lui demandait : — D'où viens-tu? Il répondait : — De la rue. Quand il s'en allait, on lui demandait : — Où vas-tu? Il répondait : — Dans la rue. Sa mère lui disait : — Qu'est-ce que tu viens faire ici?

Cet enfant vivait dans cette absence d'affection comme ces herbes pâles qui viennent dans les caves. Il ne souffrait pas d'être ainsi et n'en voulait à personne. Il ne savait pas au juste comment devaient être un père et une mère.

Du reste sa mère aimait ses sœurs.

Nous avons oublié de dire que sur le boulevard du Temple on nommait cet enfant le petit Gavroche. Pourquoi s'appelait-il Gavroche? Probablement parce que son père s'appelait Jondrette.

Casser le fil semble être l'instinct de certaines familles misérables.

La chambre que les Jondrette habitaient dans la masure Gorbeau était la dernière au bout du corridor. La cellule d'à côté était occupée par un jeune homme très-pauvre qu'on nommait monsieur Marius.

Disons ce que c'était que monsieur Marius.

LIVRE DEUXIÈME

LE GRAND BOURGEOIS

I

QUATRE-VINGT-DIX ANS ET TRENTE-DEUX DENTS

Rue Boucherat, rue de Normandie et rue de
Saintonge, il existe encore quelques anciens habitants qui ont gardé le souvenir d'un bonhomme
appelé M. Gillenormand, et qui en parlent avec
complaisance. Ce bonhomme était vieux quand ils
étaient jeunes. Cette silhouette, pour ceux qui re-
gardent mélancoliquement ce vague fourmillement
d'ombres qu'on nomme le passé, n'a pas encore

tout à fait disparu du labyrinthe des rues voisines
du Temple auxquelles, sous Louis XIV, on a attaché les noms de toutes les provinces de France,
absolument comme on a donné de nos jours aux
rues du nouveau quartier Tivoli les noms de toutes
les capitales d'Europe; progression, soit dit en
passant, où est visible le progrès.

M. Gillenormand, lequel était on ne peut plus
vivant en 1831, était un de ces hommes devenus
curieux à voir uniquement à cause qu'ils ont longtemps vécu, et qui sont étranges parce qu'ils ont
jadis ressemblé à tout le monde et que maintenant
ils ne ressemblent plus à personne. C'était un vieillard particulier, et bien véritablement l'homme
d'un autre âge, le vrai bourgeois complet et un
peu hautain du dix-huitième siècle, portant sa
bonne vieille bourgeoisie de l'air dont les marquis
portaient leur marquisat. Il avait dépassé quatre-
vingt-dix ans, marchait droit, parlait haut, voyait
clair, buvait sec, mangeait, dormait et ronflait. Il
avait ses trente-deux dents. Il ne mettait de lunettes que pour lire. Il était d'humeur amoureuse,
mais disait que depuis une dizaine d'années il avait
décidément et tout à fait renoncé aux femmes. Il

ne pouvait plus plaire, disait-il ; il n'ajoutait pas :
Je suis trop vieux, mais : Je suis trop pauvre. Il
disait : Si je n'étais pas ruiné... héée ! — Il ne lui
restait en effet qu'un revenu d'environ quinze mille
livres. Son rêve était de faire un héritage et d'a-
voir cent mille francs de rente pour avoir des maî-
tresses. Il n'appartenait point, comme on voit, à
cette variété malingre d'octogénaires qui, comme
M. de Voltaire, ont été mourants toute leur vie ; ce
n'était pas une longévité de pot fêlé ; ce vieillard
gaillard s'était toujours bien porté. Il était super-
ficiel, rapide, aisément courroucé. Il entrait en
tempête à tout propos, le plus souvent à contre-
sens du vrai. Quand on le contredisait, il levait sa
canne ; il battait les gens comme au grand siècle.
Il avait une fille de cinquante ans passés, non mariée, qu'il rossait très-fort quand il se mettait en
colère, et qu'il eût volontiers fouettée. Elle lui faisait l'effet d'avoir huit ans. Il souffletait énergiquement ses domestiques et disait : Ah ! carogne ! Un
de ses jurons était : *Par la pantoufloche de la pan-
touflochade !* Il avait des tranquillités singulières ;
il se faisait raser tous les jours par un barbier qui
avait été fou et qui le détestait, étant jaloux de

M. Gillenormand à cause de sa femme, jolie bar-
bière coquette. M. Gillenormand admirait son
propre discernement en toute chose, et se déclarait très-sagace ; voici un de ses mots : « J'ai, en
« vérité, quelque pénétration ; je suis de force
« à dire, quand une puce me pique, de quelle
« femme elle me vient. » Les mots qu'il prononçait le plus souvent, c'était : *l'homme sensible,*
et : *la nature.* Il ne donnait pas à ce dernier mot
la grande acception que notre époque lui a rendue.
Mais il le faisait entrer à sa façon dans ses petites
satires du coin du feu : — La nature, disait-il,
pour que la civilisation ait un peu de tout, lui donne
jusqu'à des spécimens de barbarie amusante. L'Europe a des échantillons de l'Asie et de l'Afrique,
en petit format. Le chat est un tigre de salon, le
lézard est un crocodile de poche. Les danseuses de
l'Opéra sont des sauvagesses roses. Elles ne mangent pas les hommes, elles les grugent. Ou bien,
les magiciennes ! elles les changent en huîtres, et
les avalent. Les caraïbes ne laissent que les os,
elles ne laissent que l'écaille. Telles sont nos
mœurs. Nous ne dévorons pas, nous rongeons ;
nous n'exterminons pas, nous griffons.

TEL MAITRE, TEL LOGIS

Il demeurait au Marais, rue des Filles-du-Calvaire, numéro 6. La maison était à lui. Cette maison a été démolie et rebâtie depuis, et le chiffre
en a probablement été changé dans ces révolutions
de numérotage que subissent les rues de Paris. Il
occupait un vieil et vaste appartement au premier,
entre la rue et des jardins, meublé jusqu'aux plafonds de grandes tapisseries des Gobelins et de

Beauvais représentant des bergerades; les sujets des plafonds et des panneaux étaient répétés en petit sur les fauteuils. Il enveloppait son lit d'un vaste paravent à neuf feuilles en laque de Coromandel. De longs rideaux diffus pendaient aux croisées et y faisaient de grands plis cassés très-magnifiques. Le jardin, immédiatement situé sous ses fenêtres, se rattachait à celle d'entre elles qui faisait l'angle au moyen d'un escalier de douze ou quinze marches fort allégrement monté et descendu par ce bonhomme. Outre une bibliothèque contiguë à sa chambre, il avait un boudoir auquel il tenait fort, réduit galant tapissé d'une magnifique tenture de paille fleurdelisée et fleurie faite sur les galères de Louis XIV, et commandée par M. de Vivonne à ses forçats pour sa maîtresse. M. Gillenormand avait hérité cela d'une farouche grand'-tante maternelle, morte centenaire. Il avait eu deux femmes. Ses manières tenaient le milieu entre l'homme de cour qu'il n'avait jamais été et l'homme de robe qu'il aurait pu être. Il était gai, et caressant quand il voulait. Dans sa jeunesse, il avait été de ces hommes qui sont toujours trompés par leur femme et jamais par leur maîtresse, parce qu'ils

sont à la fois les plus maussades maris et les plus
charmants amants qu'il y ait. Il était connaisseur
en peinture. Il avait dans sa chambre un merveil-
leux portrait d'on ne sait qui, peint par Jordaens,
fait à grands coups de brosse, avec des millions de
détails, à la façon fouillis et comme au hasard. Le
vêtement de M. Gillenormand n'était pas l'habit
Louis XV, ni même l'habit Louis XVI; c'était le
costume des incroyables du directoire. Il s'était
cru tout jeune jusque-là et avait suivi les modes.
Son habit était en drap léger, avec de spacieux revers, une longue queue de morue et de larges boutons d'acier. Avec cela la culotte courte et les souliers à boucles. Il mettait toujours les mains dans
ses goussets. Il disait avec autorité : *La révolution
française est un tas de chenapans.*

III

LUC-ESPRIT

A l'âge de seize ans, un soir, à l'Opéra, il avait
eu l'honneur d'être lorgné à la fois par deux
beautés alors mûres et célèbres et chantées par
Voltaire, la Camargo et la Sallé. Pris entre deux
feux, il avait fait une retraite héroïque vers une
petite danseuse, fillette appelée Nahenry, qui avait
seize ans comme lui, obscure comme un chat et
dont il était amoureux. Il abondait en souvenirs. Il

s'écriait : — Qu'elle était jolie, cette Guimard-Guimardini-Guimardinette, la dernière fois que je l'ai vue à Longchamps, frisée en sentiments soutenus, avec ses venez-y-voir en turquoises, sa robe couleur de gens nouvellement arrivés, et son manchon d'agitation! — Il avait porté dans son adolescence une veste de Nain-Londrin dont il parlait volontiers et avec effusion. — J'étais vêtu comme un turc du Levant Levantin, disait-il. Madame de Boufflers, l'ayant vu par hasard quand il avait vingt ans, l'avait qualifié « un fol charmant. » Il se scandalisait de tous les noms qu'il voyait dans la politique et au pouvoir, les trouvant bas et bourgeois. Il lisait les journaux, *les papiers-nouvelles, les gazettes,* comme il disait, en étouffant des éclats de rire. Oh! disait-il, quelles sont ces gens-là! Corbière! Humann! Casimir Perier! cela vous est ministre. Je me figure ceci dans un journal : M. Gillenormand, ministre! ce serait farce. Eh bien! ils sont si bêtes que ça irait! Il appelait allégrement toutes choses par le mot propre ou malpropre et ne se gênait pas devant les femmes. Il disait des grossièretés, des obscénités et des ordures avec je ne sais quoi de tranquille et de peu

étonné qui était élégant. C'était le sans façon de
son siècle. Il est à remarquer que le temps des
périphrases en vers a été le temps des crudités en
prose. Son parrain avait prédit qu'il serait un
homme de génie, et lui avait donné ces deux pré-
noms significatifs : Luc-Esprit.

IV

ASPIRANT CENTENAIRE .

Il avait eu des prix en son enfance au collége
de Moulins où il était né, et il avait été couronné
de la main du duc de Nivernais qu'il appelait le
duc de Nevers. Ni la Convention, ni la mort de
Louis XVI, ni Napoléon, ni le retour des Bourbons, rien n'avait pu effacer le souvenir de ce

couronnement. *Le duc de Nevers* était pour lui la grande figure du siècle. Quel charmant grand seigneur, disait-il, et qu'il avait bon air avec son cordon bleu! Aux yeux de M. Gillenormand, Catherine II avait réparé le crime du partage de la Pologne en achetant pour trois mille roubles le secret de l'élixir d'or à Bestuchef. Là-dessus, il s'animait : — L'élixir d'or, s'écriait-il, la teinture jaune de Bestuchef, les gouttes du général Lamotte, c'était au dix-huitième siècle, à un louis le flacon d'une demi-once, le grand remède aux catastrophes de l'amour, la panacée contre Vénus. Louis XV en envoyait deux cents flacons au pape. — On l'eût fort exaspéré et mis hors des gonds si on lui eût dit que l'élixir d'or n'est autre chose que le perchlorure de fer. M. Gillenormand adorait les Bourbons et avait en horreur 1789; il racontait sans cesse de quelle façon il s'était sauvé dans la Terreur, et comment il lui avait fallu bien de la gaieté et bien de l'esprit pour ne pas avoir la tête coupée. Si quelque jeune homme s'avisait de faire devant lui l'éloge de la république, il devenait bleu et s'irritait à s'évanouir. Quelquefois il faisait allusion à son âge de quatre-vingt-dix ans, et disait : *J'espère bien que je ne verrai pas deux fois quatre-vingt-treize*. D'autres fois, il signifiait aux gens qu'il entendait vivre cent ans.

V

BASQUE ET NICOLETTE

Il avait des théories. En voici une : « Quand un
« homme aime passionnément les femmes, et qu'il
« a lui-même une femme à lui dont il se soucie
« peu, laide, revêche, légitime, pleine de droits,
« juchée sur le code et jalouse au besoin, il n'a
« qu'une façon de s'en tirer et d'avoir la paix,
« c'est de laisser à sa femme les cordons de la
« bourse. Cette abdication le fait libre. La femme

« s'occupe alors, se passionne au maniement des
« espèces, s'y vert-de-grise les doigts, entreprend
« l'élève des métayers et le dressage des fermiers,
« convoque les avoués, préside les notaires, haran-
« gue les tabellions, visite les robins, suit les procès,
« rédige les baux, dicte les contrats, se sent sou-
« veraine, vend, achète, règle, jordonne, promet et
« compromet, lie et résilie, cède, concède et rétro-
« cède, arrange, dérange, thésaurise, prodigue ;
« elle fait des sottises, bonheur magistral et per-
« sonnel, et cela console. Pendant que son mari la
« dédaigne, elle a la satisfaction de ruiner son
« mari. » Cette théorie, M. Gillenormand se l'était
appliquée, et elle était devenue son histoire. Sa
femme, la deuxième, avait administré sa fortune de
telle façon qu'il restait à M. Gillenormand, quand
un beau jour il se trouva veuf, juste de quoi vivre,
en plaçant presque tout en viager, une quinzaine de
mille francs de rente dont les trois quarts devaient
s'éteindre avec lui. Il n'avait pas hésité, peu préoc-
cupé du souci de laisser un héritage. D'ailleurs il
avait vu que les patrimoines avaient des aventures,
et, par exemple, devenaient des *biens nationaux ;*
il avait assisté aux avatars du tiers consolidé, et il

croyait peu au grand-livre. — *Rue Quincampoix
que tout cela!* disait-il. Sa maison de la rue des
Filles-du-Calvaire, nous l'avons dit, lui appartenait. Il avait deux domestiques, « un mâle et une
femelle. » Quand un domestique entrait chez lui,
M. Gillenormand le rebaptisait. Il donnait aux
hommes le nom de leur province : Nîmois, Com-
tois, Poitevin, Picard. Son dernier valet était un
gros homme fourbu et poussif de cinquante-cinq
ans, incapable de courir vingt pas, mais comme il
était né à Bayonne, M. Gillenormand l'appelait
Basque. Quant aux servantes, toutes s'appelaient
chez lui Nicolette (même la Magnon dont il sera
question plus loin). Un jour une fière cuisinière, cordon bleu, de haute race de concierges, se présenta.
— Combien voulez-vous gagner de gages par
mois? lui demanda M. Gillenormand. — Trente
francs. — Comment vous nommez-vous? — Olym-
pie. — Tu auras cinquante francs, et tu t'appel-
leras Nicolette.

OU L'ON ENTREVOIT LA MAGNON
ET SES DEUX PETITS

Chez M. Gillenormand la douleur se traduisait
en colère; il était furieux d'être désespéré. Il avait
tous les préjugés et prenait toutes les licences. Une
des choses dont il composait son relief extérieur et
sa satisfaction intime, c'était, nous venons de l'indiquer, d'être resté vert galant, et de passer éner-

giquement pour tel. Il appelait cela avoir « royale
renommée. » La royale renommée lui attirait parfois de singulières aubaines. Un jour on apporta
chez lui dans une bourriche, comme une cloyère
d'huîtres, un gros garçon nouveau-né, criant le
diable et dûment emmitouflé de langes, qu'une
servante chassée six mois auparavant lui attribuait.
M. Gillenormand avait alors ses parfaits quatre-
vingt-quatre ans. Indignation et clameur dans
l'entourage. Et à qui cette effrontée drôlesse
espérait-elle faire accroire cela? Quelle audace!
quelle abominable calomnie! M. Gillenormand, lui,
n eut aucune colère. Il regarda le maillot avec l'ai-
mable sourire d'un bonhomme flatté de la calomnie, et dit à la cantonade : « — Eh bien, quoi?
qu'est-ce? qu'y a-t-il? qu'est-ce qu'il y a? vous
vous ébahissez bellement, et, en vérité, comme
aucunes personnes ignorantes. Monsieur le duc
d'Angoulême, bâtard de sa majesté Charles IX,
se maria à quatre-vingt-cinq ans avec une péronnelle de quinze ans; monsieur Virginal, marquis
d'Alluye, frère du cardinal de Sourdis, archevêque
de Bordeaux, eut à quatre-vingt-trois ans d'une
fille de chambre de madame la présidente Jacquin

un fils, un vrai fils d'amour, qui fut chevalier de
Malte et conseiller d'État d'épée; un des grands
hommes de ce siècle-ci, l'abbé Tabaraud, est fils
d'un homme de quatre-vingt-sept ans. Ces choses-
là n'ont rien que d'ordinaire. Et la Bible donc!
Sur ce, je déclare que ce petit monsieur n'est pas
de moi. Qu'on en prenne soin. Ce n'est pas sa
faute. » — Le procédé était débonnaire. La créature, celle-là qui se nommait Magnon, lui fit un
deuxième envoi l'année d'après. C'était encore un
garçon. Pour le coup, M. Gillenormand capitula.
Il remit à la mère les deux mioches, s'engageant
à payer pour leur entretien quatre-vingts francs
par mois, à la condition que ladite mère ne re-
commencerait plus. Il ajouta : « J'entends que la
mère les traite bien. Je les irai voir de temps en
temps. » Ce qu'il fit. Il avait eu un frère prêtre,
lequel avait été trente-trois ans recteur de l'académie de Poitiers, et était mort à soixante-dix-neuf
ans. *Je l'ai perdu jeune,* disait-il. Ce frère, dont il
est resté peu de souvenir, était un paisible avare
qui, étant prêtre, se croyait obligé de faire l'aumône aux pauvres qu'il rencontrait, mais il ne leur
donnait jamais que des monnerons ou des sous dé-

monétisés, trouvant ainsi moyen d'aller en enfer
par le chemin du paradis. Quant à M. Gillenormand aîné, il ne marchandait pas l'aumône et donnait volontiers, et noblement. Il était bienveillant,
brusque, charitable, et s'il eût été riche, sa pente
eût été le magnifique. Il voulait que tout ce qui le
concernait fût fait grandement, même les friponne-
ries. Un jour, dans une succession, ayant été dé-
valisé par un homme d'affaires d'une manière gros-
sière et visible, il jeta cette exclamation solennelle :
— « Fi! c'est malproprement fait! j'ai vraiment
honte de ces grivelleries. Tout a dégénéré dans ce
siècle, même les coquins. Morbleu! ce n'est pas
ainsi qu'on doit voler un homme de ma sorte. Je
suis volé comme dans un bois, mais mal volé.
Silvæ sint consule dignæ! » — Il avait eu, nous
l'avons dit, deux femmes; de la première une fille
qui était restée fille, et de la seconde une autre
fille, morte vers l'âge de trente ans, laquelle avait
épousé par amour ou par hasard ou autrement un
soldat de fortune qui avait servi dans les armées
de la république et de l'empire, avait eu la croix à
Austerlitz et avait été fait colonel à Waterloo. *C'est
la honte de ma famille,* disait le vieux bourgeois. Il

prenait force tabac et avait une grâce particulière
à chiffonner son jabot de dentelle d'un revers de
main. Il croyait fort peu en Dieu.

VII

RÈGLE : NE RECEVOIR PERSONNE QUE LE SOIR

Tel était M. Luc-Esprit Gillenormand, lequel n'avait point perdu ses cheveux, plutôt gris que blancs, et était toujours coiffé en oreilles de chien. En somme, et avec tout cela, vénérable.

Il tenait du dix-huitième siècle : frivole et grand.

En 1814, et dans les premières années de la restauration, M. Gillenormand, qui était encore

jeune, — il n'avait que soixante-quatorze ans, —
avait habité le faubourg Saint-Germain, rue Ser-
vandoni, près Saint-Sulpice. Il ne s'était retiré au
Marais qu'en sortant du monde, bien après ses
quatre-vingts ans sonnés.

Et en sortant du monde, il s'était muré dans ses
habitudes. La principale, et où il était invariable,
c'était de tenir sa porte absolument fermée le jour,
et de ne jamais recevoir qui que ce soit pour quelque affaire que ce fût, que le soir. Il dînait à cinq
heures, puis sa porte était ouverte. C'était la mode
de son siècle, et il n'en voulait point démordre. —
Le jour est canaille, disait-il, et ne mérite qu'un
volet fermé. Les gens comme il faut allument leur
esprit quand le zénith allume ses étoiles. — Et il
se barricadait pour tout le monde, fût-ce pour le
roi. Vieille élégance de son temps.

VIII

LES DEUX NE FONT PAS LA PAIRE

Quant aux deux filles de M. Gillenormand, nous venons d'en parler. Elles étaient nées à dix ans d'intervalle. Dans leur jeunesse, elles s'étaient fort peu ressemblé, et, par le caractère comme par le visage, avaient été aussi peu sœurs que possible. La cadette était une charmante âme tournée vers tout ce qui est lumière, occupée de fleurs, de vers et de musique, envolée dans des

espaces glorieux, enthousiaste, éthérée, fiancée
dès l'enfance dans l'idéal à une vague figure héroïque. L'aînée avait aussi sa chimère; elle voyait
dans l'azur un fournisseur, quelque bon gros mu-
nitionnaire bien riche, un mari splendidement bête,
un million fait homme, ou bien un préfet; les ré-
ceptions de la préfecture, un huissier d'antichambre
chaîne au cou, les bals officiels, les harangues de
la mairie, être « madame la préfète, » cela tour-
billonnait dans son imagination. Les deux sœurs
s'égaraient ainsi, chacune dans son rêve, à l'époque
où elles étaient jeunes filles. Toutes deux avaient
des ailes, l'une comme un ange, l'autre comme
une oie.

Aucune ambition ne se réalise pleinement, ici-
bas du moins. Aucun paradis ne devient terrestre
à l'époque où nous sommes. La cadette avait
épousé l'homme de ses songes, mais elle était
morte. L'aînée ne s'était pas mariée.

Au moment où elle fait son entrée dans l'histoire que nous racontons, c'était une vieille vertu,
une prude incombustible, un des nez les plus poin-
tus et un des esprits les plus obtus qu'on pût voir.
Détail caractéristique : en dehors de la famille

étroite, personne n'avait jamais su son petit nom.
On l'appelait *mademoiselle Gillenormand l'aînée.*

En fait de cant, mademoiselle Gillenormand
l'aînée eût rendu des points à une miss. C'était la
pudeur poussée au noir. Elle avait un souvenir affreux dans sa vie ; un jour, un homme avait vu sa
jarretière.

L'âge n'avait fait qu'accroître cette pudeur im-
pitoyable. Sa guimpe n'était jamais assez opaque.
et ne montait jamais assez haut. Elle multipliait les
agrafes et les épingles là où personne ne songeait
à regarder. Le propre de la pruderie, c'est de
mettre d'autant plus de factionnaires que la forte-
resse est moins menacée.

Pourtant, explique qui pourra ces vieux mystères d'innocence, elle se laissait embrasser sans
déplaisir par un officier de lanciers qui était son
petit-neveu et qui s'appelait Théodule.

En dépit de ce lancier favorisé, l'étiquette :
Prude, sous laquelle nous l'avons classée, lui con-
venait absolument. Mlle Gillenormand était une
espèce d'âme crépusculaire. La pruderie est une
demi-vertu et un demi-vice.

Elle ajoutait à la pruderie le bigotisme, dou-

blure assortie. Elle était de la confrérie de la
Vierge, portait un voile blanc à de certaines fêtes,
marmottait des oraisons spéciales, révérait « le
saint sang, » vénérait « le sacré cœur, » restait des
heures en contemplation devant un autel rococo-
jésuite dans une chapelle fermée au commun des
fidèles, et y laissait envoler son âme parmi de
petites nuées de marbre et à travers de grands
rayons de bois doré.

Elle avait une amie de chapelle, vieille vierge
comme elle, appelée Mlle Vaubois, absolument
hébétée, et près de laquelle Mlle Gillenormand
avait le plaisir d'être un aigle. En dehors des
Agnus Dei et des Ave Maria, Mlle Vaubois n'avait
de lumières que sur les différentes façons de faire
les confitures. Mlle Vaubois, parfaite en son genre,
était l'hermine de la stupidité sans une seule tache
d'intelligence.

Disons-le, en vieillissant, Mlle Gillenormand avait
plutôt gagné que perdu. C'est le fait des natures
passives. Elle n'avait jamais été méchante, ce qui
est une bonté relative; et puis, les années usent
les angles, et l'adoucissement de la durée lui était
venu. Elle était triste d'une tristesse obscure dont

elle n'avait pas elle-même le secret. Il y avait dans
toute sa personne la stupeur d'une vie finie qui n'a
pas commencé.

Elle tenait la maison de son père. M. Gillenormand avait près de lui sa fille comme on a vu
que monseigneur Bienvenu avait près de lui sa
sœur. Ces ménages d'un vieillard et d'une vieille
fille ne sont point rares et ont l'aspect toujours
touchant de deux faiblesses qui s'appuient l'une sur
l'autre.

Il y avait en outre dans la maison, entre cette
vieille fille et ce vieillard, un enfant, un petit garçon toujours tremblant et muet devant M. Gillenormand. M. Gillenormand ne parlait jamais à cet
enfant que d'une voix sévère et quelquefois la canne
levée : — *Ici! monsieur,* — *maroufle, polisson,*
approchez! — *Répondez, drôle!* — *Que je vous*
voie, vaurien ! etc., etc. Il l'idolâtrait.

C'était son petit-fils. Nous retrouverons cet enfant.

LIVRE TROISIÈME

LE GRAND-PÈRE ET LE PETIT-FILS

1

UN ANCIEN SALON

Lorsque **M.** Gillenormand habitait la rue Ser-
vandoni, il hantait plusieurs salons très-bons et
très-nobles. Quoique bourgeois, M. Gillenormand
était reçu. Comme il avait deux fois de l'esprit,
d'abord l'esprit qu'il avait, ensuite l'esprit qu'on
lui prêtait, on le recherchait même, et on le fêtait.
Il n'allait nulle part qu'à la condition d'y dominer.
Il est des gens qui veulent à tout prix l'influence et

qu'on s'occupe d'eux; là où ils ne peuvent être oracles, ils se font loustics. M. Gillenormand n'était pas de cette nature; sa domination dans les salons royalistes qu'il fréquentait ne coûtait rien à son respect de lui-même. Il était oracle partout. Il lui arrivait de tenir tête à M. de Bonald, et même à M. Bengy-Puy-Vallée.

Vers 1817, il passait invariablement deux après-midi par semaine dans une maison de son voisinage, rue Férou. chez madame la baronne de T., digne et respectable personne dont le mari avait été, sous Louis XVI, ambassadeur de France à Berlin. Le baron de T., qui de son vivant donnait passionnément dans les extases et les visions magnétiques, était mort ruiné dans l'émigration, laissant, pour toute fortune, en dix volumes manuscrits reliés en maroquin rouge et dorés sur tranche, des mémoires fort curieux sur Mesmer et son baquet. Madame de T. n'avait point publié les mémoires par dignité. et se soutenait d'une petite rente, qui avait surnagé on ne sait comment. Madame de T. vivait loin de la cour, *monde fort mêlé,* disait-elle, dans un isolement noble, fier et pauvre. Quelques amis se réunissaient deux fois par semaine autour

de son feu de veuve et cela constituait un salon
royaliste pur. On y prenait le thé, et l'on y pous-
sait, selon que le vent était à l'élégie ou au dithy-
rambe, des gémissements ou des cris d'horreur sur
le siècle, sur la charte, sur les buonapartistes, sur
la prostitution du cordon bleu à des bourgeois, sur
le jacobinisme de Louis XVIII; et l'on s'y entre-
tenait tout bas des espérances que donnait Monsieur, depuis Charles X.

On y accueillait avec des transports de joie des
chansons poissardes où Napoléon était appelé *Nicolas*. Des duchesses, les plus délicates et les plus
charmantes femmes du monde, s'y extasiaient sur
des couplets comme celui-ci adressé « aux fédé-
rés : »

> Renfoncez dans vos culottes
> Le bout d' chemis' qui vous pend.
> Qu'on n' dis' p s qu' les patriotes
> Ont arboré l' drapeau blanc!

On s'y amusait à des calembours qu'on croyait
terribles, à des jeux de mots innocents qu'on sup-
posait venimeux, à des quatrains, même à des dis-
tiques; ainsi sur le ministère Dessolles, cabinet

modéré dont faisaient partie MM. Decazes et
Deserre :

> Pour raffermir le trône ébranlé sur sa base,
> Il faut changer de sol, et de serre et de case.

Ou bien on y façonnait la liste de la chambre des
pairs, « chambre abominablement jacobine, » et
l'on combinait sur cette liste des alliances de noms,
de manière à faire, ·par exemple, des phrases
comme celle-ci : *Damas. Sabran. Gouvion-Saint-
Cyr.* Le tout gaiement.

Dans ce monde-là on parodiait la révolution. On
avait je ne sais quelles velléités d'aiguiser les
mêmes colères en sens inverse. On chantait son
petit ça ira :

> Ah! ça ira! ça ira! ça ira!
> Les buonapartist' à la lanterne!

Les chansons sont comme la guillotine; elles cou-
pent indifféremment, aujourd'hui cette tête-ci, demain celle-là. Ce n'est qu'une variante.

Dans l'affaire Fualdès, qui est de cette époque.
1816, on prenait parti pour Bastide et Jausion,
parce que Fualdès était « buonapartiste. » On qua-

lifiait les libéraux, *les frères et amis;* c'était le dernier degré de l'injure.

Comme certains clochers d'église, le salon de
madame la baronne de T. avait deux coqs. L'un
était M. Gillenormand, l'autre était le comte de
Lamothe-Valois, duquel on se disait à l'oreille avec
une sorte de considération : *Vous savez? C'est le
Lamothe de l'affaire du collier.* Les partis ont de
ces amnisties singulières.

Ajoutons ceci : dans la bourgeoisie, les situations
honorées s'amoindrissent par des relations trop
faciles ; il faut prendre garde à qui l'on admet ; de
même qu'il y a perte de calorique dans le voisinage de ceux qui ont froid, il y a diminution de
considération dans l'approche des gens méprisés.
L'ancien monde d'en haut se tenait au-dessus de
cette loi-là comme de toutes les autres. Marigny,
frère de la Pompadour, a ses entrées chez M. le
prince de Soubise. Quoique? non, parce que. Du
Barry, parrain de la Vaubernier, est le très-bien
venu chez M. le maréchal de Richelieu. Ce monde-
là, c'est l'Olympe. Mercure et le prince de Gue-
ménée y sont chez eux. Un voleur y est admis,
pourvu qu'il soit dieu.

Le comte de Lamothe, qui, en 1815, était un vieillard de soixante-quinze ans, n'avait de remarquable que son air silencieux et sentencieux, sa figure anguleuse et froide, ses manières parfaitement polies, son habit boutonné jusqu'à la cravate et ses grandes jambes toujours croisées dans un long pantalon flasque, couleur terre de Sienne brûlée. Son visage était de la couleur de son pantalon.

Ce M. de Lamothe était « compté » dans ce salon, à cause de sa « célébrité, » et, chose étrange à dire, mais exacte, à cause du nom de Valois.

Quant à M. Gillenormand, sa considération était absolument de bon aloi. Il faisait autorité. Il avait, tout léger qu'il était et sans que cela coutât rien à sa gaieté, une certaine façon d'être, imposante, digne, honnête et bourgeoisement altière; et son grand âge s'y ajoutait. On n'est pas impunément un siècle. Les années finissent par faire autour d'une tête un échevellement vénérable.

Il avait, en outre, de ces mots qui sont tout à fait l'étincelle de la vieille roche. Ainsi quand le roi de Prusse, après avoir restauré Louis XVIII, vint lui

faire visite sous le nom de comte de Ruppin, il fut
reçu par le descendant de Louis XIV un peu
comme marquis de Brandebourg et avec l'imperti-
nence la plus délicate. M. Gillenormand approuva.
— *Tous les rois qui ne sont pas le roi de France,*
dit-il, *sont des rois de province.* On fit un jour
devant lui cette demande et cette réponse : — A
quoi donc a été condamné le rédacteur du *Courrier
français?* — A être suspendu. — *Sus* est de trop,
observa M. Gillenormand. Des paroles de ce genre
fondent une situation.

A un *Te Deum* anniversaire du retour des Bourbons, voyant passer M. de Talleyrand, il dit : *Voilà
Son Excellence le Mal.*

M. Gillenormand venait habituellement accom-
pagné de sa fille, cette longue mademoiselle qui
avait alors passé quarante ans et en semblait cinquante, et d'un beau petit garçon de sept ans,
blanc, rose, frais, avec des yeux heureux et con-
fiants, lequel n'apparaissait jamais dans ce salon
sans entendre toutes les voix bourdonner autour de
lui : Qu'il est joli! quel dommage! pauvre enfant!
Cet enfant était celui dont nous avons dit un mot
tout à l'heure. On l'appelait — pauvre enfant —

parce qu'il avait pour père « un brigand de la Loire. »

. Ce brigand de la Loire était ce gendre de M. Gillenormand dont il a déjà été fait mention, et que M. Gillenormand qualifiait *la honte de sa famille*.

II

UN DES SPECTRES ROUGES DE CE TEMPS-LA

Quelqu'un qui aurait passé à cette époque dans
la petite ville de Vernon et qui s'y serait promené
sur ce beau pont monumental auquel succédera
bientôt, espérons-le, quelque affreux pont en fil de
fer, aurait pu remarquer, en laissant tomber ses
yeux du haut du parapet, un homme d'une cin-
quantaine d'années coiffé d'une casquette de cuir,
vêtu d'un pantalon et d'une veste de gros drap

gris, à laquelle était cousu quelque chose de jaune,
qui avait été un ruban rouge, chaussé de sabots,
hâlé par le soleil, la face presque noire et les cheveux presque blancs, une large cicatrice sur le
front se continuant sur la joue, courbé, voûté,
vieilli avant l'âge, se promenant à peu près tous
les jours, une bêche et une serpe à la main, dans
un de ces compartiments entourés de murs qui
avoisinent le pont et bordent comme une chaîne de
terrasses la rive gauche de la Seine, charmants
enclos pleins de fleurs desquels on dirait, s'ils
étaient beaucoup plus grands : ce sont des jardins, et, s'ils étaient un peu plus petits : ce sont
des bouquets. Tous ces enclos aboutissent par un
bout à la rivière et par l'autre à une maison.
L'homme en veste et en sabots dont nous venons
de parler habitait vers 1817 le plus étroit de ces
enclos et la plus humble de ces maisons. Il vivait
là seul et solitaire, silencieusement et pauvrement,
avec une femme ni jeune, ni vieille, ni belle, ni
laide, ni paysanne, ni bourgeoise, qui le servait.
Le carré de terre qu'il appelait son jardin était célèbre dans la ville pour la beauté des fleurs qu'il y
cultivait. Les fleurs étaient son occupation.

A force de travail, de persévérance, d'attention
et de seaux d'eau, il avait réussi à créer après le
créateur, et il avait inventé de certaines tulipes et
de certains dahlias qui semblaient avoir été oubliés
par la nature. Il était ingénieux; il avait devancé
Soulange Bodin dans la formation des petits mas-
sifs de terre de bruyère pour la culture des rares
et précieux arbustes d'Amérique et de Chine. Dès
le point du jour, en été, il était dans ses allées, pi-
quant, taillant, sarclant, arrosant, marchant au
milieu de ses fleurs avec un air de bonté, de tristesse et de douceur, quelquefois rêveur et immobile
des heures entières, écoutant le chant d'un oiseau
dans un arbre, le gazouillement d'un enfant dans
une maison, ou bien les yeux fixés au bout d'un
brin d'herbe sur quelque goutte de rosée dont le
soleil faisait une escarboucle. Il avait une table fort
maigre, et buvait plus de lait que de vin. Un marmot le faisait céder, sa servante le grondait. Il était
timide jusqu'à sembler farouche, sortait rarement,
et ne voyait personne que les pauvres qui frap-
paient à sa vitre et son curé, l'abbé Mabeuf, bon
vieux homme. Pourtant si des habitants de la ville
ou des étrangers, les premiers venus, curieux de

voir ses tulipes et ses roses, venaient sonner à sa petite maison, il ouvrait sa porte en souriant. C'était le brigand de la Loire.

Quelqu'un qui, dans le même temps, aurait lu les mémoires militaires, les biographies, le *Moniteur* et les bulletins de la grande armée, aurait pu être frappé d'un nom qui y revient assez souvent, le nom de Georges Pontmercy. Tout jeune, ce Georges Pontmercy était soldat au régiment de Saintonge. La révolution éclata. Le régiment de Saintonge fit partie de l'armée du Rhin. Car les anciens régiments de la monarchie gardèrent leurs noms de provinces même après la chute de la monarchie, et ne furent embrigadés qu'en 1794. Pontmercy se battit à Spire, à Worms, à Neustadt, à Turkheim, à Alzey, à Mayence où il était des deux cents qui formaient l'arrière-garde de Houchard. Il tint, lui douzième, contre le corps du prince de Hesse derrière le vieux rempart d'Andernach, et ne se replia sur le gros de l'armée que lorsque le canon ennemi eut ouvert la brèche depuis le cordon du parapet jusqu'au talus de plongée. Il était sous Kléber à Marchiennes et au combat du Mont-Palissel où il eut le bras cassé d'un

biscaïen. Puis il passa à la frontière d'Italie, et il
fut un des trente grenadiers qui défendirent le col
de Tende avec Joubert. Joubert en fut nommé adju-
dant général et Pontmercy sous-lieutenant. Pontmercy était à côté de Berthier au milieu de la
mitraille dans cette journée de Lodi qui fit dire à
Bonaparte : *Berthier a été canonnier, cavalier et
grenadier.* Il vit son ancien général Joubert tomber
à Novi, au moment où, le sabre levé, il criait : En
avant ! Ayant été embarqué avec sa compagnie
pour les besoins de la campagne dans une péniche
qui allait de Gênes à je ne sais plus quel petit port
de la côte, il tomba dans un guêpier de sept ou
huit voiles anglaises. Le commandant génois voulait jeter les canons à la mer, cacher les soldats
dans l'entre-pont et se glisser dans l'ombre comme
navire marchand. Pontmercy fit frapper les couleurs
à la drisse du mât de pavillon, et passa fièrement
sous le canon des frégates britanniques. A vingt
lieues de là, son audace croissant, avec sa péniche
il attaqua et captura un gros transport anglais qui
portait des troupes en Sicile, si chargé d'hommes
et de chevaux que le bâtiment était bondé jusqu'aux hiloires. En 1805, il était de cette division

Malher qui enleva Günzbourg à l'archiduc Ferdi-
nand. A Weltingen, il reçut dans ses bras sous une
grêle de balles le colonel Maupetit blessé mortelle-
ment à la tête du 9ᵉ dragons. Il se distingua à
Austerlitz dans cette admirable marche en échelons
faite sous le feu de l'ennemi. Lorsque la cavalerie
de la garde impériale russe écrasa un bataillon du
4ᵉ de ligne, Pontmercy fut de ceux qui prirent la
revanche et qui culbutèrent cette garde. L'empereur lui donna la croix. Pontmercy vit successivement faire prisonniers Wurmser dans Mantoue,
Mélas dans Alexandrie, Mack dans Ulm. Il fit partie
du huitième corps de la grande armée que Mortier
commandait et qui s'empara de Hambourg. Puis il
passa dans le 55ᵉ de ligne qui était l'ancien régiment de Flandre. A Eylau, il était dans le cimetière où l'héroïque capitaine Louis Hugo, oncle de
l'auteur de ce livre, soutint seul avec sa compagnie
de quatre-vingt-trois hommes, pendant deux heures, tout l'effort de l'armée ennemie. Pontmercy fut
un des trois qui sortirent de ce cimetière vivants.
Il fut de Friedland. Puis il vit Moscou, puis la
Bérésina, puis Lutzen, Bautzen, Dresde, Wachau,
Leipsick, et les défilés de Gelenhausen ; puis Mont-

mirail, Château-Thierry, Craon, les bords de la
Marne, les bords de l'Aisne et la redoutable position de Laon. A Arnay-le-Duc, étant capitaine, il
sabra dix cosaques et sauva, non son général, mais
son caporal. Il fut haché à cette occasion et on lui
tira vingt-sept esquilles rien que du bras gauche.
Huit jours avant la capitulation de Paris, il venait
de permuter avec un camarade et d'entrer dans la
cavalerie. Il avait ce qu'on appelle dans l'ancien
régime *la double-main*, c'est-à-dire une aptitude
égale à manier, soldat, le sabre ou le fusil, officier,
un escadron ou un bataillon. C'est de cette aptitude, perfectionnée par l'éducation militaire, que
sont nées certaines armes spéciales, les dragons,
par exemple, qui sont tout ensemble cavaliers et
fantassins. Il accompagna Napoléon à l'île d'Elbe.
A Waterloo il était chef d'escadron de cuirassiers
dans la brigade Dubois. Ce fut lui qui prit le drapeau du bataillon de Lunebourg. Il vint jeter le
drapeau aux pieds de l'empereur. Il était couvert
de sang. Il avait reçu, en arrachant le drapeau, un
coup de sabre à travers le visage. L'empereur,
content, lui cria : *Tu es colonel, tu es baron, tu es
officier de la Légion d'honneur !* Pontmercy répon-

dit : *Sire, je vous remercie pour ma veuve.* Une
heure après, il tombait dans le ravin d'Ohain.
Maintenant qu'était-ce que ce Georges Pontmercy ?
C'était ce même brigand de la Loire.

On a déjà vu quelque chose de son histoire.
Après Waterloo, Pontmercy, tiré, on s'en souvient,
du chemin creux d'Ohain, avait réussi à regagner
l'armée, et s'était traîné d'ambulance en ambulance jusqu'aux cantonnements de la Loire.

La restauration l'avait mis à la demi-solde,
puis l'avait envoyé en résidence, c'est-à-dire en
surveillance à Vernon. Le roi Louis XVIII, con-
sidérant comme non avenu tout ce qui s'était fait
dans les Cent-Jours, ne lui reconnut ni sa qualité
d'officier de la Légion d'honneur, ni son grade de
colonel, ni son titre de baron. Lui, de son côté,
ne négligeait aucune occasion de signer *le colonel
baron Pontmercy.* Il n'avait qu'un vieil habit bleu,
et il ne sortait jamais sans y attacher la rosette
d'officier de la Légion d'honneur. Le procureur
du roi le fit prévenir que le parquet le poursui-
vrait pour port « illégal » de cette décoration.
Quand cet avis lui fut donné par un intermédiaire
officieux, Pontmercy répondit avec un amer sou-

rire : Je ne sais point si c'est moi qui n'entends
plus le français, ou si c'est vous qui ne le parlez
plus ; mais le fait est que je ne comprends pas.
— Puis il sortit huit jours de suite avec sa rosette.
On n'osa point l'inquiéter. Deux ou trois fois le
ministre de la guerre et le général commandant
le département lui écrivirent avec cette suscrip-
tion : *A monsieur le commandant Pontmercy*. Il
renvoya les lettres non décachetées. En ce même
moment, Napoléon à Sainte-Hélène traitait de la
même façon les missives de sir Hudson Lowe
adressées *au général Bonaparte*. Pontmercy avait
fini, qu'on nous passe le mot, par avoir dans la
bouche la même salive que son empereur.

Il y avait ainsi à Rome des soldats carthaginois
prisonniers qui refusaient de saluer Flaminius et
qui avaient un peu de l'âme d'Annibal.

Un matin, il rencontra le procureur du roi dans
une rue de Vernon, alla à lui et lui dit : — Monsieur le procureur du roi, m'est-il permis de porter
ma balafre?

Il n'avait rien, que sa très-chétive demi-solde
de chef d'escadron. Il avait loué à Vernon la plus
petite maison qu'il avait pu trouver. Il y vivait

seul, on vient de voir comment. Sous l'empire,
entre deux guerres, il avait trouvé le temps
d'épouser mademoiselle Gillenormand. Le vieux
bourgeois, indigné au fond, avait consenti en soupirant et en disant : *Les plus grandes familles y
sont forcées.* En 1815, madame Pontmercy, femme
du reste de tout point admirable, élevée et rare et
digne de son mari, était morte, laissant un enfant.
Cet enfant eût été la joie du colonel dans sa solitude; mais l'aïeul avait impérieusement réclamé
son petit-fils, déclarant que, si on ne le lui donnait
pas, il le déshériterait. Le père avait cédé dans
l'intérêt du petit, et ne pouvant avoir son enfant,
il s'était mis à aimer les fleurs.

Il avait du reste renoncé à tout, ne remuant ni
ne conspirant. Il partageait sa pensée entre les
choses innocentes qu'il faisait et les choses grandes
qu'il avait faites. Il passait son temps à espérer
un œillet ou à se souvenir d'Austerlitz.

M. Gillenormand n'avait aucune relation avec
son gendre. Le colonel était pour lui « un ban-
dit, » et il était pour le colonel « une ganache. »
M. Gillenormand ne parlait jamais du colonel, si
ce n'est quelquefois pour faire des allusions mo-

queuses à « sa baronnie. » Il était expressément
convenu que Pontmercy n'essayerait jamais de voir
son fils ni de lui parler, sous peine qu'on le lui
rendît chassé et déshérité. Pour les Gillenormand,
Pontmercy était un pestiféré. Ils entendaient élever
l'enfant à leur guise. Le colonel eut tort peut-être
d'accepter ces conditions, mais il les subit, croyant
bien faire et ne sacrifier que lui.

L'héritage du père Gillenormand était peu de
chose, mais l'héritage de Mlle Gillenormand aînée
était considérable. Cette tante, restée fille, était
fort riche du côté maternel, et le fils de sa sœur
était son héritier naturel. L'enfant, qui s'appelait
Marius, savait qu'il avait un père, mais rien de
plus. Personne ne lui en ouvrait la bouche. Cependant, dans le monde où son grand-père le menait,
les chuchotements, les demi-mots, les clins d'yeux,
s'étaient fait jour à la longue jusque dans l'esprit du
petit, il avait fini par comprendre quelque chose, et
comme il prenait naturellement, par une sorte d'in-
filtration et de pénétration lente, les idées et les
opinions qui étaient, pour ainsi dire, son milieu
respirable, il en vint peu à peu à ne songer à son
père qu'avec honte et le cœur serré.

Pendant qu'il grandissait ainsi, tous les deux
ou trois mois, le colonel s'échappait, venait furti-
vement à Paris comme un repris de justice qui
rompt son ban et allait se poster à Saint-Sulpice,
à l'heure où la tante Gillenormand menait Marius
à la messe. Là, tremblant que la tante ne se re-
tournât, caché derrière un pilier, immobile, n'osant
respirer, il regardait son enfant. Ce balafré avait
peur de cette vieille fille.

De là même était venue sa liaison avec le curé
de Vernon, M. l'abbé Mabeuf.

Ce digne prêtre était frère d'un marguillier de
Saint-Sulpice, lequel avait plusieurs fois remarqué
cet homme contemplant son enfant, et la cicatrice
qu'il avait sur la joue, et la grosse larme qu'il avait
dans les yeux. Cet homme qui avait si bien l'air
d'un homme et qui pleurait comme une femme,
avait frappé le marguillier. Cette figure lui était
restée dans l'esprit. Un jour, étant allé à Vernon
voir son frère, il rencontra sur le pont le colonel
Pontmercy et reconnut l'homme de Saint-Sulpice.
Le marguillier en parla au curé, et tous deux sous
un prétexte quelconque firent une visite au colonel.
Cette visite en amena d'autres. Le colonel d'abord

très-fermé finit par s'ouvrir, et le curé et le marguillier arrivèrent à savoir toute l'histoire, et comment Pontmercy sacrifiait son bonheur à l'avenir
de son enfant. Cela fit que le curé le prit en véné-
ration et en tendresse, et le colonel de son côté
prit en affection le curé. D'ailleurs, quand d'aventure ils sont sincères et bons tous les deux, rien ne
se pénètre et ne s'amalgame plus aisément qu'un
vieux prêtre et un vieux soldat. Au fond, c'est le
même homme. L'un s'est dévoué pour la patrie
d'en bas, l'autre pour la patrie d'en haut; pas
d'autre différence.

Deux fois par an, au 1ᵉʳ janvier et à la Saint-
Georges, Marius écrivait à son père des lettres de
devoir que sa tante dictait, et qu'on eût dit co-
piées dans quelque formulaire; c'était tout ce que
tolérait M. Gillenormand; et le père répondait des
lettres fort tendres que l'aïeul fourrait dans sa
poche sans les lire.

III

REQUIESCANT

Le salon de madame de T. était tout ce que
Marius Pontmercy connaissait du monde. C'était
la seule ouverture par laquelle il pût regarder dans
la vie. Cette ouverture était sombre, et il lui venait par cette lucarne plus de froid que de cha-
leur, plus de nuit que de jour. Cet enfant, qui
n'était que joie et lumière en entrant dans ce monde
étrange, y devint en peu de temps triste, et, ce

qui est plus contraire encore à cet âge, grave. En-
touré de toutes ces personnes imposantes et singulières, il regardait autour de lui avec un étonnement
sérieux. Tout se réunissait pour accroître en lui
cette stupeur. Il y avait dans le salon de madame
de **T.** de vieilles nobles dames très-vénérables qui
s'appelaient Mathan, Noé, Lévis qu'on prononçait
Lévi, Cambis qu'on prononçait Cambyse. Ces an-
tiques visages et ces noms bibliques se mêlaient
dans l'esprit de l'enfant à son ancien testament
qu'il apprenait par cœur, et quand elles étaient là
toutes, assises en cercle autour d'un feu mourant,
à peine éclairées par une lampe voilée de vert, avec
leurs profils sévères, leurs cheveux gris ou blancs,
leurs longues robes d'un autre âge dont on ne distinguait que les couleurs lugubres, laissant tomber
à de rares intervalles des paroles à la fois majes-
tueuses et farouches, le petit Marius les considé-
rait avec des yeux effarés, croyant voir, non des
femmes, mais des patriarches et des mages, non
des êtres réels, mais des fantômes.

A ces fantômes se mêlaient plusieurs prêtres,
habitués de ce salon vieux, et quelques gentilshommes ; le marquis de Sass****, secrétaire des

commandements de madame de Berry, le vicomte
de Val***, qui publiait sous le pseudonyme de
Charles-Antoine des odes monorimes, le prince de
Beauff*******, qui, assez jeune, avait un chef gri-
sonnant et une jolie et spirituelle femme dont
les toilettes de velours écarlate à torsades d'or,
fort décolletées, effarouchaient ces ténèbres, le
marquis de C***** d'E******, l'homme de France
qui savait le mieux « la politesse proportionnée, »
le comte d'Am*****, le bonhomme au menton bienveillant, et le chevalier de Port-de-Guy, pilier de
la bibliothèque du Louvre, dite le cabinet du roi.
M. de Port-de-Guy, chauve et plutôt vieilli que
vieux, contait qu'en 1793, âgé de seize ans, on
l'avait mis au bagne comme réfractaire, et ferré
avec un octogénaire, l'évêque de Mirepoix, réfractaire aussi, mais comme prêtre, tandis que lui l'é-
tait comme soldat. C'était à Toulon. Leur fonction
était d'aller la nuit ramasser sur l'échafaud les
têtes et les corps des guillotinés du jour ; ils em-
portaient sur leur dos ces troncs ruisselants, et
leurs capes rouges de galériens avaient derrière
leur nuque une croûte de sang, sèche le matin,
humide le soir. Ces récits tragiques abondaient

dans le salon de madame de T.; et à force d'y maudire Marat, on y applaudissait Trestaillon. Quelques députés du genre introuvable y faisaient leur whist, M. Thibord du Chalard, M. Lemarchant de Gomicourt, et le célèbre railleur de la droite, M. Cornet-Dincourt. Le bailli de Ferrette, avec ses culottes courtes et ses jambes maigres, traversait quelquefois ce salon en allant chez M. de Talleyrand. Il avait été le camarade de plaisir de M. le comte d'Artois, et à l'inverse d'Aristote accroupi sur Campaspe, il avait fait marcher la Guimard à quatre pattes, et de la sorte montré aux siècles un philosophe vengé par un bailli.

Quant aux prêtres, c'était l'abbé Halma, le même à qui M. Larose, son collaborateur à *la Foudre,* disait : *Bah! qu'est-ce qui n'a pas cinquante ans? quelques blancs-becs peut-être?* l'abbé Letourneur, prédicateur du roi, l'abbé Frayssinous, qui n'était encore ni comte, ni évêque, ni ministre, ni pair, et qui portait une vieille soutane où il manquait des boutons, et l'abbé Keravenant, curé de Saint-Germain des Prés; plus le nonce du pape, alors monsignor Macchi, archevêque de Nisibi, plus tard cardinal, remarquable par son long nez pensif,

et un autre monsignor ainsi intitulé : abbate Pal-
mieri, prélat domestique, un des sept protonotaires
participants du saint-siége, chanoine de l'insigne
basilique libérienne, avocat des saints, *postulatore
di santi,* ce qui se rapporte aux affaires de canoni-
sation et signifie à peu près : maître des requêtes
de la section du paradis. Enfin deux cardinaux,
M. de la Luzerne et M. de Cl******-T*******. M. le
cardinal de la Luzerne était un écrivain et devait
avoir, quelques années plus tard, l'honneur de
signer dans le *Conservateur* des articles côte à côte
avec Chateaubriand; M. de Cl******-T******* était
archevêque de Toul****, et venait souvent en villégiature à Paris chez son neveu le marquis de
T*******, qui a été ministre de la marine et de la
guerre. Le cardinal de Cl******-T******* était un
petit vieillard gai montrant ses bas rouges sous sa
soutane troussée; il avait pour spécialité de haïr
l'Encyclopédie et de jouer éperdument au billard,
et les gens qui, à cette époque, passaient dans les
soirs d'été rue M*****, où était alors l'hôtel de
Cl******-T*******, s'arrêtaient pour entendre le
choc des billes, et la voix aigue du cardinal criant
à son conclaviste, monseigneur Cottret, évêque *in*

partibus de Caryste : *Marque, l'abbé, je carambole.*
Le cardinal de Cl******-T******* avait été amené
chez madame de T. par son ami le plus intime,
M. de Roquelaure, ancien évêque de Senlis et l'un
des quarante. M. de Roquelaure était considérable
par sa haute taille et par son assiduité à l'Académie ; à travers la porte vitrée de la salle voisine
de la bibliothèque où l'Académie française tenait
alors ses séances, les curieux pouvaient tous les
jeudis contempler l'ancien évêque de Senlis, habituellement debout, poudré à frais, en bas violets,
et tournant le dos à la porte, apparemment pour
mieux faire voir son petit collet. Tous ces ecclé-
siastiques, quoique la plupart hommes de cour autant qu'hommes d'église, s'ajoutaient à la gravité
du salon de T., dont cinq pairs de France, le marquis de Vib. —, le marquis de Tal. —, le marquis
d'Herb. —, le vicomte Damb. —, et le duc de
Val. —, accentuaient l'aspect seigneurial. Ce duc
de Val. —, quoique prince de Mon. —, c'est-à-dire
prince souverain étranger, avait une si haute idée
de la France et de la pairie qu'il voyait tout à travers elles. C'était lui qui disait : *Les cardinaux
sont les pairs de France de Rome; les lords sont les*

pairs de France d'Angleterre. Au reste, car il faut en ce siècle que la révolution soit partout, ce salon féodal était, comme nous l'avons dit, dominé par un bourgeois. M. Gillenormand y régnait.

C'était là l'essence et la quintessence de la société parisienne blanche. On y tenait en quarantaine les renommées, même royalistes. Il y a toujours de l'anarchie dans la renommée. Chateaubriand, entrant là, eût fait l'effet du Père Duchêne. Quelques ralliés pourtant pénétraient, par tolérance, dans ce monde orthodoxe. Le comte Beug*** y était reçu à correction.

Les salons « nobles » d'aujourd'hui ne ressemblent plus à ces salons-là. Le faubourg Saint-Germain d'à présent sent le fagot. Les royalistes de maintenant sont des démagogues, disons-le à leur louange.

Chez madame de T., le monde étant supérieur, le goût était exquis et hautain, sous une grande fleur de politesse. Les habitudes y comportaient toutes sortes de raffinements involontaires qui étaient l'ancien régime même, enterré, mais vivant. Quelques-unes de ces habitudes, dans le langage surtout, semblaient bizarres. Des con-

naisseurs superficiels eussent pris pour province
ce qui n'était que vétusté. On appelait une femme
madame la générale. Madame la colonelle n'était
pas absolument inusité. La charmante madame de
Léon, en souvenir sans doute des duchesses de
Longueville et de Chevreuse, préférait cette ap-
pellation à son titre de princesse. La marquise de
Créquy, elle aussi, s'était appelée *madame la colonelle.*

Ce fut ce petit haut monde qui inventa aux Tuileries le raffinement de dire toujours en parlant au
roi dans l'intimité *le roi* à la troisième personne et
jamais *votre majesté,* la qualification *votre majesté*
ayant été « souillée par l'usurpateur. »

On jugeait là les faits et les hommes. On raillait
le siècle, ce qui dispensait de le comprendre. On
s'entr'aidait dans l'étonnement. On se communiquait la quantité de clarté qu'on avait. Mathusalem
renseignait Épiménide. Le sourd mettait l'aveugle
au courant. On déclarait non avenu le temps écoulé
depuis Coblentz. De même que Louis XVIII était,
par la grâce de Dieu, à la vingt-cinquième année
de son règne, les émigrés étaient, de droit, à la
vingt-cinquième année de leur adolescence.

Tout était harmonieux; rien ne vivait trop; la
parole était à peine un souffle; le journal, d'accord
avec le salon, semblait un papyrus. Il y avait des
jeunes gens, mais ils étaient un peu morts. Dans
l'antichambre, les livrées étaient vieillottes. Ces
personnages, complétement passés, étaient servis
par des domestiques du même genre. Tout cela
avait l'air d'avoir vécu il y a longtemps, et de
s'obstiner contre le sépulcre. Conserver, Conser-
vation, Conservateur, c'était là à peu près tout le
dictionnaire; *être en bonne odeur*, était la question.
Il y avait en effet des aromates dans les opinions
de ces groupes vénérables, et leurs idées sentaient
le vétiver. C'était un monde momie. Les maîtres
étaient embaumés, les valets étaient empaillés.

Une digne vieille marquise émigrée et ruinée,
n'ayant plus qu'une bonne, continuait de dire :
Mes gens.

Que faisait-on dans le salon de madame de T.?
On était ultra.

Être ultra; ce mot, quoique ce qu'il représente
n'ait peut-être pas disparu, ce mot n'a plus de sens
aujourd'hui. Expliquons-le.

Être ultra, c'est aller au delà. C'est attaquer le

sceptre au nom du trône et la mitre au nom de
l'autel; c'est malmener la chose qu'on traîne; c'est
ruer dans l'attelage; c'est chicaner le bûcher sur
le degré de cuisson des hérétiques; c'est reprocher
à l'idole son peu d'idolâtrie; c'est insulter par
excès de respect; c'est trouver dans le pape pas
assez de papisme, dans le roi pas assez de royauté,
et trop de lumière à la nuit; c'est être mécontent de
l'albâtre, de la neige, du cygne et du lis au nom
de la blancheur; c'est être partisan des choses au
point d'en devenir l'ennemi; c'est être si fort pour,
qu'on est contre.

L'esprit ultra caractérise spécialement la première phase de la restauration.

Rien dans l'histoire n'a ressemblé à ce quart
d'heure qui commence à 1814 et qui se termine
vers 1820 à l'avénement de M. de Villèle, l'homme
pratique de la droite. Ces six années furent un
moment extraordinaire; à la fois brillant et morne,
riant et sombre, éclairé comme par le rayonnement de l'aube et tout couvert en même temps des
ténèbres des grandes catastrophes qui emplissaient
encore l'horizon et s'enfonçaient lentement dans le
passé. Il y eut là, dans cette lumière et dans cette

ombre, tout un petit monde nouveau et vieux,
bouffon et triste, juvénile et sénile, se frottant les
yeux ; rien ne ressemble au réveil comme le retour ; groupe qui regardait la France avec humeur
et que la France regardait avec ironie ; de bons
vieux hiboux marquis plein les rues, les revenus
et les revenants, des « ci-devant » stupéfaits de
tout, de braves et nobles gentilshommes souriant
d'être en France et en pleurant aussi, ravis de revoir leur patrie, désespérés de ne plus retrouver
leur monarchie ; la noblesse des croisades conspuant
la noblesse de l'empire, c'est-à-dire la noblesse
de l'épée ; les races historiques ayant perdu le sens
de l'histoire ; les fils des compagnons de Charlemagne dédaignant les compagnons de Napoléon.
Les épées, comme nous venons de le dire, se ren-
voyaient l'insulte ; l'épée de Fontenoy était risible
et n'était qu'une rouillarde ; l'épée de Marengo
était odieuse et n'était qu'un sabre. Jadis mécon-
naissait Hier. On n'avait plus le sentiment de ce
qui était grand, ni le sentiment de ce qui était ridicule. Il y eut quelqu'un qui appela Bonaparte
Scapin. Ce monde n'est plus. Rien, répétons-le,
n'en reste aujourd'hui. Quand nous en tirons par

hasard quelque figure et que nous essayons de le
faire revivre par la pensée, il nous semble étrange
comme un monde antédiluvien. C'est qu'en effet il
a été lui aussi englouti par un déluge. Il a disparu
sous deux révolutions. Quels flots que les idées!
Comme elles couvrent vite tout ce qu'elles ont
mission de détruire et d'ensevelir, et comme elles
font promptement d'effrayantes profondeurs !

Telle était la physionomie des salons de ces
temps lointains et candides où M. Martainville avait
plus d'esprit que Voltaire.

Ces salons avaient une littérature et une politique à eux. On y croyait en Fiévée. M. Agier y
faisait la loi. On y commentait M. Colnet, le publi-
ciste bouquiniste du quai Malaquais. Napoléon y
était pleinement Ogre de Corse. Plus tard, l'intro-
duction dans l'histoire de M. le marquis de Buonaparté, lieutenant général des armées du roi, fut une
concession à l'esprit du siècle.

Ces salons ne furent pas longtemps purs. Dès
1818, quelques doctrinaires commencèrent à y
poindre, nuance inquiétante. La manière de ceux-
là était d'être royalistes et de s'en excuser. Là
où les ultras étaient très-fiers, les doctrinaires

étaient un peu honteux. Ils avaient de l'esprit ; ils
avaient du silence ; leur dogme politique était
convenablement empesé de morgue ; ils devaient
réussir. Ils faisaient, utilement d'ailleurs, des excès de cravate blanche et d'habit boutonné. Le
tort, ou le malheur, du parti doctrinaire a été de
créer la jeunesse vieille. Ils prenaient des poses
de sages. Ils rêvaient de greffer sur le principe absolu et excessif un pouvoir tempéré. Ils opposaient,
et parfois avec une rare intelligence, au libéralisme
démolisseur un libéralisme conservateur. On les
entendait dire : « Grâce pour le royalisme : il a
« rendu plus d'un service. Il a rapporté la tradi-
« tion, le culte, la religion, le respect. Il est fidèle,
« brave, chevaleresque, aimant, dévoué. Il vient
« mêler, quoique à regret, aux grandeurs nouvelles
« de la nation les grandeurs séculaires de la mo-
« narchie. Il a le tort de ne pas comprendre la
« révolution, l'empire, la gloire, la liberté, les
« jeunes idées, les jeunes générations, le siècle.
« Mais ce tort qu'il a envers nous, ne l'avons-nous
« pas quelquefois envers lui ? La révolution, dont
« nous sommes les héritiers, doit avoir l'intelli-
« gence de tout. Attaquer le royalisme, c'est le

« contre-sens du libéralisme. Quelle faute ! et quel
« aveuglement ! La France révolutionnaire manque
« de respect à la France historique, c'est-à-dire à
« sa mère, c'est-à-dire à elle-même. Après le
« 5 septembre, on traite la noblesse de la monar-
« chie comme après le 8 juillet on traitait la no-
« blesse de l'empire. Ils ont été injustes pour
« l'aigle, nous sommes injustes pour la fleur de
« lis. On veut donc toujours avoir quelque chose
« à proscrire ! Dédorer la couronne de Louis XIV,
« gratter l'écusson d'Henri IV, cela est-il bien
« utile ? Nous raillons M. de Vaublanc qui effaçait
« les N du pont d'Iéna ! Que faisait-il donc ? Ce
« que nous faisons. Bouvines nous appartient
« comme Marengo. Les fleurs de lis sont à nous
« comme les N. C'est notre patrimoine. A quoi bon
« l'amoindrir ? Il ne faut pas plus renier la patrie
« dans le passé que dans le présent. Pourquoi ne
« pas vouloir toute l'histoire ? Pourquoi ne pas
« aimer toute la France ? »

C'est ainsi que les doctrinaires critiquaient et
protégeaient le royalisme, mécontent d'être criti-
qué et furieux d'être protégé.

Les ultras marquèrent la première époque du

royalisme ; la congrégation caractérisa la seconde.
A la fougue succéda l'habileté. Bornons ici cette
esquisse.

Dans le cours de ce récit, l'auteur de ce livre a
trouvé sur son chemin ce moment curieux de l'histoire contemporaine ; il a dû y jeter en passant un
coup d'œil et retracer quelques-uns des linéaments
singuliers de cette société aujourd'hui inconnue.
Mais il le fait rapidement et sans aucune idée amère
ou dérisoire. Des souvenirs, affectueux et respectueux, car ils touchent à sa mère, l'attachent à ce
passé. D'ailleurs, disons-le, ce même petit monde
avait sa grandeur. On en peut sourire, mais on ne
peut ni le mépriser ni le haïr. C'était la France
d'autrefois.

Marius Pontmercy fit comme tous les enfants des
études quelconques. Quand il sortit des mains de
la tante Gillenormand, son grand-père le confia à
un digne professeur de la plus pure innocence
classique. Cette jeune âme qui s'ouvrait passa
d'une prude à un cuistre. Marius eut ses années de
collége, puis il entra à l'école de droit. Il était
royaliste, fanatique et austère. Il aimait peu son
grand-père dont la gaieté et le cynisme le frois-

saient, et il était sombre à l'endroit de son père.

C'était du reste un garçon ardent et froid, noble, généreux, fier, religieux, exalté; digne jusqu'à la dureté, pur jusqu'à la sauvagerie.

IV

FIN DU BRIGAND

L'achèvement des études classiques de Marius coïncida avec la sortie du monde de M. Gillenormand. Le vieillard dit adieu au faubourg Saint-Germain et au salon de madame de T., et vint s'établir au Marais dans sa maison de la rue des Filles-du-Calvaire. Il avait là pour domestiques, outre le portier, cette femme de chambre Nicolette qui avait succédé à la Magnon, et ce Basque essoufflé et poussif dont il a été parlé plus haut.

En 1827, Marius venait d'atteindre ses dix-sept ans. Comme il rentrait un soir, il vit son grand-père qui tenait une lettre à la main.

— Marius, dit M. Gillenormand, tu partiras demain pour Vernon.

— Pourquoi? dit Marius.

— Pour voir ton père.

Marius eut un tremblement. Il avait songé à tout, excepté à ceci, qu'il pourrait un jour se faire qu'il eût à voir son père. Rien ne pouvait être pour lui plus inattendu, plus surprenant, et, disons-le, plus désagréable. C'était l'éloignement contraint au rapprochement. Ce n'était pas un chagrin, non, c'était une corvée.

Marius, outre ses motifs d'antipathie politique, était convaincu que son père, le sabreur, comme l'appelait M. Gillenormand dans ses jours de douceur, ne l'aimait pas; cela était évident, puisqu'il l'avait abandonné ainsi et laissé à d'autres. Ne se sentant point aimé, il n'aimait point. Rien de plus simple, se disait-il.

Il fut si stupéfait qu'il ne questionna pas M. Gillenormand. Le grand-père reprit :

— Il paraît qu'il est malade. Il te demande.

Et après un silence il ajouta :

— Pars demain matin. Je crois qu'il y a cour des Fontaines une voiture qui part à six heures et qui arrive le soir. Prends-la. Il dit que c'est pressé.

Puis il froissa la lettre et la mit dans sa poche. Marius aurait pu partir le soir même et être près de son père le lendemain matin. Une diligence de la rue du Bouloi faisait à cette époque le voyage de Rouen la nuit et passait par Vernon. Ni M. Gillenormand ni Marius ne songèrent à s'informer.

Le lendemain, à la brune, Marius arrivait à Vernon. Les chandelles commençaient à s'allumer. Il demanda au premier passant venu : *la maison de monsieur Pontmercy.* Car dans sa pensée il était de l'avis de la restauration, et, lui non plus, ne reconnaissait son père ni baron ni colonel.

On lui indiqua le logis. Il sonna; une femme vint lui ouvrir, une petite lampe à la main.

— Monsieur Pontmercy? dit Marius.

La femme resta immobile.

— Est-ce ici? demanda Marius.

La femme fit de la tête un signe affirmatif.

— Pourrais-je lui parler?

La femme fit un signe négatif.

— Mais je suis son fils! reprit Marius. Il m'attend.

— Il ne vous attend plus, dit la femme.

Alors il s'aperçut qu'elle pleurait.

Elle lui désigna du doigt la porte d'une salle basse ; il entra.

Dans cette salle qu'éclairait une chandelle de suif posée sur la cheminée, il y avait trois hommes, un qui était debout, un qui était à genoux, et un qui était à terre en chemise couché tout de son long sur le carreau. Celui qui était à terre était le colonel.

Les deux autres étaient un médecin et un prêtre qui priait.

Le colonel était depuis trois jours atteint d'une fièvre cérébrale. Au début de la maladie, ayant un mauvais pressentiment, il avait écrit à M. Gillenormand pour demander son fils. La maladie avait empiré. Le soir même de l'arrivée de Marius à Vernon, le colonel avait eu un accès de délire ; il s'était levé de son lit malgré la servante, en criant :

— Mon fils n'arrive pas ! je vais au-devant de lui ! — Puis il était sorti de sa chambre et était

tombé sur le carreau de l'antichambre. Il venait
d'expirer.

On avait appelé le médecin et le curé. Le médecin
était arrivé trop tard, le curé était arrivé trop
tard. Le fils aussi était arrivé trop tard.

A la clarté crépusculaire de la chandelle, on
distinguait sur la joue du colonel gisant et pâle une
grosse larme qui avait coulé de son œil mort. L'œil
était éteint, mais la larme n'était pas séchée. Cette
larme, c'était le retard de son fils.

Marius considéra cet homme qu'il voyait pour la
première fois, et pour la dernière, ce visage vénérable et mâle, ces yeux ouverts qui ne regardaient
pas, ces cheveux blancs, ces membres robustes sur
lesquels on distinguait çà et là des lignes brunes qui
étaient des coups de sabre et des espèces d'étoiles
rouges qui étaient des trous de balles. Il considéra
cette gigantesque balafre qui imprimait l'héroïsme
sur cette face où Dieu avait empreint la bonté. Il
songea que cet homme était son père et que cet
homme était mort, et il resta froid.

La tristesse qu'il éprouvait fut la tristesse qu'il
aurait ressentie devant tout autre homme qu'il aurait vu étendu mort.

Le deuil, un deuil poignant, était dans cette chambre. La servante se lamentait dans un coin, le curé priait, et on l'entendait sangloter, le médecin s'essuyait les yeux; le cadavre lui-même pleurait.

Ce médecin, ce prêtre et cette femme regardaient Marius à travers leur affliction sans dire une parole; c'était lui qui était l'étranger. Marius, trop peu ému, se sentit honteux et embarrassé de son attitude; il avait son chapeau à la main, il le laissa tomber à terre, afin de faire croire que la douleur lui ôtait la force de le tenir.

En même temps il éprouvait comme un remords et il se méprisait d'agir ainsi. Mais était-ce sa faute? Il n'aimait pas son père, quoi!

Le colonel ne laissait rien. La vente du mobilier paya à peine l'enterrement. La servante trouva un chiffon de papier qu'elle remit à Marius. Il y avait ceci, écrit de la main du colonel :

« — *Pour mon fils.* — L'empereur m'a fait baron sur le champ de bataille de Waterloo. Puisque la restauration me conteste ce titre que j'ai payé de mon sang, mon fils le prendra et le portera. Il va sans dire qu'il en sera digne. » Derrière,

le colonel avait ajouté : « A cette même bataille
« de Waterloo, un sergent m'a sauvé la vie. Cet
« homme s'appelle Thénardier. Dans ces derniers
« temps, je crois qu'il tenait une petite auberge
« dans un village des environs de Paris, à Chelles
« ou à Montfermeil. Si mon fils le rencontre, il
« fera à Thénardier tout le bien qu'il pourra. »

Non par religion pour son père, mais à cause
de ce respect vague de la mort qui est toujours si
impérieux au cœur de l'homme, Marius prit ce papier et le serra.

Rien ne resta du colonel. M. Gillenormand fit
vendre au fripier son épée et son uniforme. Les
voisins dévalisèrent le jardin et pillèrent les fleurs
rares. Les autres plantes devinrent ronces et brous-
sailles, et moururent.

Marius n'était demeuré que quarante-huit heures
à Vernon. Après l'enterrement, il était revenu à
Paris et s'était remis à son droit, sans plus songer
à son père que s'il n'eût jamais vécu. En deux
jours le colonel avait été enterré et en trois jours
oublié.

Marius avait un crêpe à son chapeau. Voilà
tout.

V

L'UTILITÉ D'ALLER A LA MESSE POUR DEVENIR RÉVOLUTIONNAIRE

Marius avait gardé les habitudes religieuses de son enfance. Un dimanche qu'il était allé entendre la messe à Saint-Sulpice, à cette même chapelle de la Vierge où sa tante le menait quand il était petit, étant ce jour-là distrait et rêveur plus qu'à l'ordinaire, il s'était placé derrière un pilier et age- nouillé, sans y faire attention, sur une chaise en

velours d'Utrecht, au dossier de laquelle était écrit
ce nom : *Monsieur Mabeuf, marguillier.* La messe
commençait à peine qu'un vieillard se présenta et
dit à Marius :

— Monsieur, c'est ma place.

Marius s'écarta avec empressement, et le vieillard reprit sa chaise.

La messe finie, Marius était resté pensif à quelques pas; le vieillard s'approcha de nouveau et
lui dit :

— Je vous demande pardon, monsieur, de vous
avoir dérangé tout à l'heure et de vous déranger
encore en ce moment; mais vous avez dû me
trouver fâcheux, il faut que je vous explique.

— Monsieur, dit Marius, c'est inutile.

— Si! reprit le vieillard, je ne veux pas que
vous ayez mauvaise idée de moi. Voyez-vous, je
tiens à cette place. Il me semble que la messe y
est meilleure. Pourquoi? je vais vous le dire. C'est
à cette place-là que j'ai vu venir pendant dix années, tous les deux ou trois mois régulièrement,
un pauvre brave père qui n'avait pas d'autre occasion et pas d'autre manière de voir son enfant, parce
que, pour des arrangements de famille, on l'en

empêchait. Il venait à l'heure où il savait qu'on
menait son fils à la messe. Le petit ne se doutait
pas que son père était là. Il ne savait même peut-
être pas qu'il avait un père, l'innocent ! Le père,
lui, se tenait derrière un pilier pour qu'on ne le vît
pas. Il regardait son enfant, et il pleurait. Il adorait ce petit, ce pauvre homme ! J'ai vu cela. Cet
endroit est devenu comme sanctifié pour moi, et
j'ai pris l'habitude de venir y entendre la messe. Je
le préfère au banc d'œuvre où j'aurais droit d'être
comme marguillier. J'ai même un peu connu ce
malheureux monsieur. Il avait un beau-père, une
tante riche, des parents, je ne sais plus trop, qui
menaçaient de déshériter l'enfant si, lui le père, il
le voyait. Il s'était sacrifié pour que son fils fût
riche un jour et heureux. On l'en séparait pour
opinion politique. Certainement j'approuve les opinions politiques, mais il y a des gens qui ne savent
pas s'arrêter. Mon Dieu ! parce qu'un homme a été
à Waterloo, ce n'est pas un monstre ; on ne sépare
point pour cela un père de son enfant. C'était un
colonel de Bonaparte. Il est mort, je crois. Il demeurait à Vernon où j'ai mon frère curé, et il s'appelait quelque chose comme Pontmarie ou Mont-

percy... — Il avait, ma foi, un beau coup de sabre.

— Pontmercy, dit Marius en pâlissant.

— Précisément, Pontmercy. Est-ce que vous l'avez connu ?

— Monsieur, dit Marius, c'était mon père.

Le vieux marguillier joignit les mains, et s'écria :

— Ah! vous êtes l'enfant! Oui, c'est cela, ce doit être un homme à présent. Eh bien ! pauvre enfant, vous pouvez dire que vous avez eu un père qui vous a bien aimé !

Marius offrit son bras au vieillard et le ramena jusqu'à son logis. Le lendemain, il dit à M. Gillenormand :

— Nous avons arrangé une partie de chasse avec quelques amis. Voulez-vous me permettre de m'absenter trois jours ?

— Quatre! répondit le grand-père, va, amuse-toi.

Et, clignant de l'œil, il dit bas à sa fille :

— Quelque amourette!

VI

CE QUE C'EST QUE D'AVOIR RENCONTRÉ
UN MARGUILLIER

Où alla Marius, on le verra un peu plus loin.

Marius fut trois jours absent, puis il revint à
Paris, alla droit à la bibliothèque de l'école de
droit et demanda la collection du *Moniteur*.

Il lut le *Moniteur*, il lut toutes les histoires de la
république et de l'empire, le *Mémorial de Sainte-
Hélène*, tous les mémoires, les journaux, les bul-

letins, les proclamations; il dévora tout. La première fois qu'il rencontra le nom de son père dans
les bulletins de la grande armée, il en eut la fièvre
toute une semaine. Il alla voir les généraux sous
lesquels Georges Pontmercy avait servi, entre
autres le comte H. Le marguillier Mabeuf, qu'il
était allé revoir, lui avait conté la vie de Vernon,
la retraite du colonel, ses fleurs, sa solitude. Marius arriva à connaître pleinement cet homme rare,
sublime et doux, cette espèce de lion-agneau qui
avait été son père.

Cependant, occupé de cette étude qui lui prenait
tous ses instants comme toutes ses pensées, il ne
voyait presque plus les Gillenormand. Aux heures
des repas, il paraissait; puis on le cherchait, il
n'était plus là. La tante bougonnait. Le père Gillenormand souriait. — Bah! bah! c'est le temps
des fillettes! — Quelquefois le vieillard ajoutait :
— Diable! je croyais que c'était une galanterie. Il
paraît que c'est une passion.

C'était une passion en effet. Marius était en train
d'adorer son père.

En même temps un changement extraordinaire
se faisait dans ses idées. Les phases de ce chan-

gement furent nombreuses et successives. Comme
ceci est l'histoire de beaucoup d'esprits de notre
temps, nous croyons utile de suivre ces phases pas
à pas et de les indiquer toutes.

Cette histoire où il venait de mettre les yeux
l'effarait.

Le premier effet fut l'éblouissement.

La république, l'empire, n'avaient été pour lui
jusqu'alors que des mots monstrueux. La république, une guillotine dans un crépuscule; l'empire,
un sabre dans la nuit. Il venait d'y regarder, et là
où il s'attendait à ne trouver qu'un chaos de ténèbres, il avait vu, avec une sorte de surprise
inouïe mêlée de crainte et de joie, étinceler des
astres, Mirabeau, Vergniaud, Saint-Just, Robespierre, Camille Desmoulins, Danton, et se lever un
soleil, Napoléon. Il ne savait où il en était. Il recu-
lait aveuglé de clartés. Peu à peu, l'étonnement
passé, il s'accoutuma à ces rayonnements, il considéra les actions sans vertige, il examina les personnages sans terreur; la révolution et l'empire se
mirent lumineusement en perspective devant sa
prunelle visionnaire; il vit chacun de ces deux
groupes d'événements et d'hommes se résumer

dans deux faits énormes; la république dans la
souveraineté du droit civique restituée aux masses,
l'empire dans la souveraineté de l'idée française
imposée à l'Europe; il vit sortir de la révolution la
grande figure du peuple et de l'empire la grande
figure de la France. Il se déclara dans sa conscience que tout cela avait été bon.

Ce que son éblouissement négligeait dans cette
première appréciation beaucoup trop synthétique,
nous ne croyons pas nécessaire de l'indiquer ici.
C'est l'état d'un esprit en marche que nous consta-
tons. Les progrès ne se font pas tous en une étape.
Cela dit, une fois pour toutes, pour ce qui précède
comme pour ce qui va suivre, nous continuons.

Il s'aperçut alors que jusqu'à ce moment il n'a-
vait pas plus compris son pays qu'il n'avait compris son père. Il n'avait connu ni l'un ni l'autre, et
il avait eu une sorte de nuit volontaire sur les
yeux. Il voyait maintenant, et d'un côté il admirait, de l'autre il adorait.

Il était plein de regrets, et de remords, et il songeait avec désespoir que tout ce qu'il avait dans
l'âme, il ne pouvait plus le dire maintenant qu'à
un tombeau. Oh! si son père avait existé, s'il l'a-

vait eu encore, si Dieu dans sa compassion et dans
sa bonté avait permis que ce père fût encore vivant, comme il aurait couru, comme il se serait
précipité, comme il aurait crié à son père : Père!
me voici! c'est moi! j'ai le même cœur que toi! je
suis ton fils! Comme il aurait embrassé sa tête
blanche, inondé ses cheveux de larmes, contemplé
sa cicatrice, pressé ses mains, adoré ses vêtements, baisé ses pieds! Oh! pourquoi ce père
était-il mort si tôt, avant l'âge, avant la justice,
avant l'amour de son fils! Marius avait un conti-
nuel sanglot dans le cœur qui disait à tout moment : hélas! En même temps il devenait plus
vraiment sérieux, plus vraiment grave, plus sûr de
sa foi et de sa pensée. A chaque instant des lueurs
du vrai venaient compléter sa raison. Il se faisait
en lui comme une croissance intérieure. Il sentait
une sorte d'agrandissement naturel que lui appor-
taient ces deux choses nouvelles pour lui, son père
et sa patrie.

Comme lorsqu'on a une clef, tout s'ouvrait; il
s'expliquait ce qu'il avait haï, il pénétrait ce qu'il
avait abhorré; il voyait désormais clairement le
sens providentiel, divin et humain, des grandes

choses qu'on lui avait appris à détester et des
grands hommes qu'on lui avait enseigné à maudire. Quand il songeait à ses précédentes opinions,
qui n'étaient que d'hier et qui pourtant lui semblaient déjà si anciennes, il s'indignait et il souriait. De la réhabilitation de son père il avait naturellement passé à la réhabilitation de Napoléon.

Pourtant celle-ci, disons-le, ne s'était point faite
sans labeur.

Dès l'enfance on l'avait imbu des jugements du
parti de 1814 sur Bonaparte. Or, tous les préjugés
de la restauration, tous ses intérêts, tous ses in-
stincts, tendaient à défigurer Napoléon. Elle l'exé-
crait plus encore que Robespierre. Elle avait ex-
ploité assez habilement la fatigue de la nation et
la haine des mères. Bonaparte était devenu une
sorte de monstre presque fabuleux, et pour le
peindre à l'imagination du peuple qui, comme nous
l'indiquions tout à l'heure, ressemble à l'imagination des enfants, le parti de 1814 faisait apparaître
successivement tous les masques effrayants, depuis ce qui est terrible en restant grandiose jusqu'à
ce qui est terrible en devenant grotesque, depuis
Tibère jusqu'à Croquemitaine. Ainsi, en parlant de

Bonaparte, on était libre de sangloter ou de pouf-
fer de rire, pourvu que la haine fît la basse. Marius n'avait jamais eu — sur cet homme, comme
on l'appelait, — d'autres idées dans l'esprit. Elles
s'étaient combinées avec la ténacité qui était dans
sa nature. Il y avait en lui tout un petit homme
têtu qui haïssait Napoléon.

En lisant l'histoire, en l'étudiant surtout dans
les documents et dans les matériaux, le voile qui
couvrait Napoléon aux yeux de Marius se déchira
peu à peu. Il entrevit quelque chose d'immense, et
soupçonna qu'il s'était trompé jusqu'à ce moment
sur Bonaparte comme sur tout le reste; chaque
jour il voyait mieux ; et il se mit à gravir lentement, pas à pas, au commencement presque à
regret, ensuite avec enivrement et comme attiré par
une fascination irrésistible, d'abord les degrés
sombres, puis les degrés vaguement éclairés, enfin
les degrés lumineux et splendides de l'enthousiasme.

Une nuit, il était seul dans sa petite chambre
située sous le toit. Sa bougie était allumée; il lisait
accoudé sur sa table à côté de sa fenêtre ouverte.
Toutes sortes de rêveries lui arrivaient de l'espace
et se mêlaient à sa pensée. Quel spectacle que la

nuit! on entend des bruits sourds sans savoir
d'où ils viennent, on voit rutiler comme une braise
Jupiter qui est douze cents fois plus gros que la
terre, l'azur est noir, les étoiles brillent, c'est formidable.

Il lisait les bulletins de la grande armée, ces
strophes héroïques écrites sur le champ de bataille;
il y voyait par intervalles le nom de son père, toujours le nom de l'empereur; tout le grand empire
lui apparaissait; il sentait comme une marée qui
se gonflait en lui et qui montait; il lui semblait
par moments que son père passait près de lui
comme un souffle, et lui parlait à l'oreille; il devenait peu à peu étrange; il croyait entendre les tam-
bours, le canon, les trompettes, le pas mesuré des
bataillons, le galop sourd et lointain des cavale-
ries; de temps en temps ses yeux se levaient vers le
ciel et regardaient luire dans les profondeurs sans
fond les constellations colossales, puis ils retom-
baient sur le livre et ils y voyaient d'autres choses
colossales remuer confusément. Il avait le cœur
serré. Il était transporté, tremblant, haletant; tout
à coup, sans savoir lui-même ce qui était en lui,
et à quoi il obéissait, il se dressa, étendit ses deux

bras hors de la fenêtre, regarda fixement l'ombre, le silence, l'infini ténébreux, l'immensité éternelle, et cria : Vive l'empereur !

A partir de ce moment, tout fut dit : l'Ogre de Corse, — l'usurpateur, — le tyran, — le monstre qui était l'amant de ses sœurs, — l'histrion qui prenait des leçons de Talma, — l'empoisonneur de Jaffa, — le tigre, — Buonaparté, — tout cela s'évanouit, et fit place dans son esprit à un vague et éclatant rayonnement où resplendissait à une hauteur inaccessible le pâle fantôme de marbre de César. L'empereur n'avait été pour son père que le bien-aimé capitaine qu'on admire et pour qui l'on se dévoue ; il fut pour Marius quelque chose de plus. Il fut le constructeur prédestiné du groupe français succédant au groupe romain dans la domination de l'univers. Il fut le prodigieux architecte d'un écroulement, le continuateur de Charlemagne, de Louis XI, de Henri IV, de Richelieu, de Louis XIV et du comité de salut public, ayant sans doute ses taches, ses fautes et même son crime, c'est-à-dire étant homme ; mais auguste dans ses fautes, brillant dans ses taches, puissant dans son crime.

Il fut l'homme prédestiné qui avait forcé toutes les nations à dire : — la grande nation. Il fut mieux encore ; il fut l'incarnation même de la France, conquérant l'Europe par l'épée qu'il tenait et le monde par la clarté qu'il jetait. Marius vit en Bonaparte le spectre éblouissant qui se dressera toujours sur la frontière et qui gardera l'avenir. Despote, mais dictateur ; despote résultant d'une république et résumant une révolution. Napoléon devint pour lui l'homme-peuple comme Jésus est l'homme-Dieu.

On le voit, à la façon de tous les nouveaux venus dans une religion, sa conversion l'enivrait, il se précipitait dans l'adhésion et il allait trop loin. Sa nature était ainsi ; une fois sur une pente, il lui était presque impossible d'enrayer. Le fanatisme pour l'épée le gagnait et compliquait dans son esprit l'enthousiasme pour l'idée. Il ne s'apercevait point qu'avec le génie, et pêle-mêle, il admirait la force, c'est-à-dire qu'il installait dans les deux compartiments de son idolâtrie, d'un côté ce qui est divin, de l'autre ce qui est brutal. A plusieurs égards, il s'était mis à se tromper autrement. Il admettait tout. Il y a une manière de rencontrer l'erreur en allant à la vérité. Il avait une sorte de bonne foi violente qui prenait tout en bloc. Dans la voie nouvelle où il était entré, en jugeant les torts de l'ancien régime comme en mesurant la gloire de Napoléon, il négligeait les circonstances atténuantes.

Quoi qu'il en fût, un pas prodigieux était fait. Où il avait vu autrefois la chute de la monarchie, il voyait maintenant l'avénement de la France. Son orientation était changée. Ce qui avait été le couchant était le levant. Il s'était retourné.

Toutes ces révolutions s'accomplissaient en lui sans que sa famille s'en doutât.

Quand, dans ce mystérieux travail, il eut tout à fait perdu son ancienne peau de bourbonnien et d'ultra, quand il eut dépouillé l'aristocrate, le jacobite et le royaliste, lorsqu'il fut pleinement révolutionnaire, profondément démocrate et presque républicain, il alla chez un graveur du quai des Orfévres et y commanda cent cartes portant ce nom : *le baron Marius Ponlmercy*.

Ce qui n'était qu'une conséquence très-logique du changement qui s'était opéré en lui, changement dans lequel tout gravitait autour de son père.

Seulement, comme il ne connaissait personne et qu'il ne pouvait semer ses cartes chez aucun portier, il les mit dans sa poche.

Par une autre conséquence naturelle, à mesure qu'il se rapprochait de son père, de sa mémoire, et des choses pour lesquelles le colonel avait combattu vingt-cinq ans, il s'éloignait de son grand-père. Nous l'avons dit, dès longtemps, l'humeur de M. Gillenormand ne lui agréait point. Il y avait déjà entre eux toutes les dissonances de jeune homme grave à vieillard frivole. La gaieté de Géronte choque et exaspère la mélancolie de Werther. Tant que les mêmes opinions politiques et les mêmes idées leur avaient été communes, Marius s'était rencontré là avec M. Gillenormand comme sur un pont. Quand ce pont tomba, l'abîme se fit. Et puis, par-dessus tout, Marius éprouvait des mouvements de révolte inexprimables en songeant que c'était M. Gillenormand qui, pour des motifs stupides, l'avait arraché sans pitié au colonel, privant ainsi le père de l'enfant et l'enfant du père.

A force de piété pour son père, Marius en était presque venu à l'aversion pour son aïeul.

Rien de cela, du reste, nous l'avons dit, ne se trahissait au dehors. Seulement il était froid de plus en plus; laconique aux repas et rare dans la maison. Quand sa tante l'en grondait, il était très-doux et donnait pour prétexte ses études, les cours, les examens, des conférences, etc. Le grand-père ne sortait pas de son diagnostic infaillible : — Amoureux ! je m'y connais.

Marius faisait de temps en temps quelques absences.

— Où va-t-il donc comme cela? demandait la tante.

Dans un de ces voyages, toujours très-courts, il était allé à Montfermeil pour obéir à l'indication que son père lui avait laissée, et il avait cherché l'ancien sergent de Waterloo, l'aubergiste Thénardier. Thénardier avait fait faillite, l'auberge était fermée, et l'on ne savait ce qu'il était devenu. Pour ces recherches, Marius fut quatre jours hors de la maison.

— Décidément, dit le grand-père, il se dérange.

On avait cru remarquer qu'il portait sur sa poitrine et sous sa chemise quelque chose qui était attaché à son cou par un ruban noir.

VII

QUELQUE COTILLON

Nous avons parlé d'un lancier.

C'était un arrière-petit-neveu que M. Gillenormand avait du côté paternel, et qui menait, en
dehors de la famille et loin de tous les foyers
domestiques, la vie de garnison. Le lieutenant
Théodule Gillenormand remplissait toutes les conditions voulues pour être ce qu'on appelle un joli
officier. Il avait « une taille de demoiselle, » une

façon de traîner le sabre victorieuse et la mous-
tache en croc. Il venait fort rarement à Paris, si
rarement que Marius ne l'avait jamais vu. Les
deux cousins ne se connaissaient que de nom.
Théodule était, nous croyons l'avoir dit, le favori
de la tante Gillenormand, qui le préférait, parce
qu'elle ne le voyait pas. Ne pas voir les gens,
cela permet de leur supposer toutes les perfections.

Un matin, Mlle Gillenormand aînée était rentrée
chez elle aussi émue que sa placidité pouvait
l'être. Marius venait encore de demander à son
grand-père la permission de faire un petit voyage,
ajoutant qu'il comptait partir le soir même. —
Va! avait répondu le grand-père, et M. Gillenormand avait ajouté à part en poussant ses deux
sourcils vers le haut de son front : Il découche
avec récidive. Mlle Gillenormand était remontée
dans sa chambre très-intriguée, et avait jeté dans
l'escalier ce point d'exclamation : C'est fort! et ce
point d'interrogation : Mais où donc est-ce qu'il
va? Elle entrevoyait quelque aventure de cœur
plus ou moins illicite, une femme dans la pé-
nombre, un rendez-vous, un mystère, et elle n'eût

pas été fâchée d'y fourrer ses lunettes. La dégus-
tation d'un mystère, cela ressemble à la primeur
d'un esclandre; les saintes âmes ne détestent point
cela. Il y a dans les compartiments secrets de la
bigoterie quelque curiosité pour le scandale.

Elle était donc en proie au vague appétit de
savoir une histoire.

Pour se distraire de cette curiosité qui l'agitait
un peu au delà de ses habitudes, elle s'était ré-
fugiée dans ses talents, et elle s'était mise à fes-
tonner avec du coton sur du coton une de ces bro-
deries de l'empire et de la restauration où il y a
beaucoup de roues de cabriolet. Ouvrage maus-
sade, ouvrière revêche. Elle était depuis plusieurs
heures sur sa chaise quand la porte s'ouvrit.
Mlle Gillenormand leva le nez; le lieutenant Théodule était devant elle, et lui faisait le salut d'or-
donnance. Elle poussa un cri de bonheur. On est
vieille, on est prude, on est dévote, on est la tante,
mais c'est toujours agréable de voir entrer dans sa
chambre un lancier.

— Toi ici, Théodule! s'écria-t-elle.

— En passant, ma tante.

— Mais embrasse-moi donc.

— Voilà ! dit Théodule.

Et il l'embrassa. La tante Gillenormand alla à son secrétaire, et l'ouvrit.

— Tu nous restes au moins toute la semaine ?

— Ma tante, je repars ce soir.

— Pas possible !

— Mathématiquement.

— Reste, mon petit Théodule, je t'en prie.

— Le cœur dit oui, mais la consigne dit non. L'histoire est simple. On nous change de garnison ; nous étions à Melun, on nous met à Gaillon. Pour aller de l'ancienne garnison à la nouvelle, il faut passer par Paris. J'ai dit : Je vais aller voir ma tante.

— Et voici pour ta peine.

Elle lui mit dix louis dans la main.

— Vous voulez dire pour mon plaisir, chère tante.

Théodule l'embrassa une seconde fois, et elle eut la joie d'avoir le cou un peu écorché par les soutaches de l'uniforme.

— Est-ce que tu fais le voyage à cheval avec ton régiment ? lui demanda-t-elle.

— Non, ma tante. J'ai tenu à vous voir. J'ai une

permission spéciale. Mon brosseur mène mon cheval ; je vais par la diligence. Et à ce propos, il faut
que je vous demande une chose.

— Quoi ?

— Mon cousin Marius Pontmercy voyage donc
aussi lui ?

— Comment sais-tu cela ? fit la tante, subitement chatouillée au vif de la curiosité.

— En arrivant, je suis allé à la diligence retenir
ma place dans le coupé.

— Eh bien ?

— Un voyageur était déjà venu retenir une
place sur l'impériale. J'ai vu sur la feuille son
nom.

— Quel nom ?

— Marius Pontmercy.

— Le mauvais sujet ! s'écria la tante. Ah ! ton
cousin n'est pas un garçon rangé comme toi. Dire
qu'il va passer la nuit en diligence !

— Comme moi.

— Mais toi, c'est par devoir ; lui, c'est par désordre.

— Bigre ! fit Théodule.

Ici, il arriva un événement à mademoiselle Gillenormand aînée ; elle eut une idée. Si elle eût été homme, elle se fût frappé le front. Elle apostropha Théodule :

— Sais-tu que ton cousin ne te connaît pas?

— Non. Je l'ai vu, moi; mais il n'a jamais daigné me remarquer.

— Vous allez donc voyager ensemble comme cela ?

— Lui sur l'impériale, moi dans le coupé.

— Où va cette diligence ?

— Aux Andelys.

— C'est donc là que va Marius ?

— A moins que, comme moi, il ne s'arrête en route. Moi, je descends à Vernon pour prendre la correspondance de Gaillon. Je ne sais rien de l'itinéraire de Marius.

— Marius ! quel vilain nom ! Quelle idée a-t-on eue de l'appeler Marius ! Tandis que toi, au moins, tu t'appelles Théodule !

— J'aimerais mieux m'appeler Alfred, dit l'officier.

— Écoute, Théodule.

— J'écoute, ma tante.

— Fais attention.

— Je fais attention.

— Y es-tu ?

— Oui.

— Eh bien, Marius fait des absences.

— Eh ! eh !

— Il voyage.

— Ah ! ah !

— Il découche.

— Oh ! oh !

— Nous voudrions savoir ce qu'il y a là-dessous.

Théodule répondit avec le calme d'un homme bronzé.

— Quelque cotillon.

Et avec ce rire entre cuir et chair qui décèle la certitude, il ajouta :

— Une fillette.

— C'est évident, s'écria la tante qui crut entendre parler M. Gillenormand, et qui sentit sa conviction sortir irrésistiblement de ce mot *fillette*, accentué presque de la même façon par le grand-oncle et par le petit-neveu. Elle reprit :

— Fais-nous un plaisir. Suis un peu Marius. Il ne te connaît pas, cela te sera facile. Puisque fillette il y a, tâche de voir la fillette. Tu nous écriras l'historiette. Cela amusera le grand-père.

Théodule n'avait point un goût excessif pour ce genre de guet; mais il était fort touché des dix louis, et il croyait leur voir une suite possible. Il accepta la commission et dit : — Comme il vous plaira, ma tante. Et il ajouta à part lui : — Me voilà duègn`.

Mlle Gillenormand l'embrassa.

— Ce n'est pas toi, Théodule, qui ferais de ces frasques-là. Tu obéis à la discipline, tu es l'esclave de la consigne, tu es un homme de scrupule et de devoir, et tu ne quitterais pas ta famille pour aller voir une créature.

Le lancier fit la grimace satisfaite de Cartouche loué pour sa probité.

Marius, le soir qui suivit ce dialogue, monta en diligence sans se douter qu'il eût un surveillant. Quant au surveillant, la première chose qu'il fit, ce fut de s'endormir. Le sommeil fut complet et consciencieux Argus ronfla toute la nuit.

Au point du jour, le conducteur de la diligence cria · — Vernon ! relais de Vernon ! les voyageurs pour Vernon ! — Et le lieutenant Théodule se réveilla.

— Bon, grommela-t-il, à demi endormi encore, c'est ici que je descends.

Puis, sa mémoire se nettoyant par degrés, effet du réveil, il songea à sa tante, aux dix louis, et au compte qu'il s'était chargé de rendre des faits et gestes de Marius. Cela le fit rire.

— Il n'est peut-être plus dans la voiture, pensa-t-il, tout en reboutonnant sa veste de petit uniforme. Il a pu s'arrêter à Poissy; il a pu s'arrêter à Triel; s'il n'est pas descendu à Meulan, il a pu descendre à Mantes, à moins qu'il ne soit descendu à Rolleboise, ou qu'il n'ait poussé jusqu'à Pacy, avec le choix de tourner à gauche sur Évreux ou à droite sur Laroche-Guyon. Cours après, ma tante. Que diable vais-je lui écrire, à la bonne vieille?

En ce moment un pantalon noir qui descendait de l'impériale apparut à la vitre du coupé.

— Serait-ce Marius? dit le lieutenant.

C'était Marius.

Une petite paysanne, au bas de la voiture, mêlée aux chevaux et aux postillons, offrait des fleurs aux voyageurs. — Fleurissez vos dames, criait-elle.

Marius s'approcha d'elle et lui acheta les plus belles fleurs de son éventaire.

— Pour le coup, dit Théodule sautant à bas du
coupé, voilà qui me pique. A qui diantre va-t-il
porter ces fleurs-là? Il faut une fièrement jolie
femme pour un si beau bouquet. Je veux la voir.

Et, non plus par mandat maintenant, mais par
curiosité personnelle, comme ces chiens qui chas-
sent pour leur compte, il se mit à suivre Marius.

Marius ne faisait nulle attention à Théodule.
Des femmes élégantes descendaient de la diligence;
il ne les regarda pas. Il semblait ne rien voir autour
de lui.

— Est-il amoureux! pensa Théodule.

Marius se dirigea vers l'église.

— A merveille, se dit Théodule. L'église! c'est
cela. Les rendez-vous assaisonnés d'un peu de
messe sont les meilleurs. Rien n'est exquis comme
une œillade qui passe par-dessus le bon Dieu.

Parvenu à l'église, Marius n'y entra point, et
tourna derrière le chevet. Il disparut à l'angle d'un
des contre-forts de l'abside.

— Le rendez-vous est dehors, dit Théodule.
Voyons la fillette.

Et il s'avança sur la pointe de ses bottes vers
l'angle où Marius avait tourné.

Arrivé là, il resta stupéfait.

Marius, le front dans ses deux mains, était agenouillé dans l'herbe sur une fosse. Il y avait effeuillé
son bouquet. A l'extrémité de la fosse, à un renfle-
ment qui marquait la tête, il y avait une croix de
bois noir avec ce nom en lettres blanches : COLONEL
BARON PONTMERCY. On entendait Marius sangloter.

La fillette était une tombe.

VIII

MARBRE CONTRE GRANIT

C'était là que Marius était venu la première fois qu'il s'était absenté de Paris. C'était là qu'il revenait chaque fois que M. Gillenormand disait : il découche.

Le lieutenant Théodule fut absolument décontenancé par ce coudoiement inattendu d'un sépulcre; il éprouva une sensation désagréable et singulière qu'il était incapable d'analyser, et qui se composait

du respect d'un tombeau mêlé au respect d'un colonel. Il recula, laissant Marius seul dans le cimetière, et il y eut de la discipline dans cette reculade.
La mort lui apparut avec de grosses épaulettes, et
il lui fit presque le salut militaire. Ne sachant
qu'écrire à la tante, il prit le parti de ne rien écrire
du tout ; et il ne serait probablement rien résulté
de la découverte faite par Théodule sur les amours
de Marius, si, par un de ces arrangements mystérieux si fréquents dans le hasard, la scène de Vernon n'eût eu presque immédiatement une sorte de
contre-coup à Paris.

Marius revint de Vernon le troisième jour de
grand matin, descendit chez son grand-père, et,
fatigué de deux nuits passées en diligence, sentant
le besoin de réparer son insomnie par une heure
d'école de natation, monta rapidement à sa
chambre, ne prit que le temps de quitter sa redingote de voyage et le cordon noir qu'il avait au cou,
et s'en alla au bain.

M. Gillenormand, levé de bonne heure comme
tous les vieillards qui se portent bien, l'avait en-
tendu rentrer, et s'était hâté d'escalader, le plus
vite qu'il avait pu avec ses vieilles jambes, l'esca-

lier des combles où habitait Marius, afin de l'embrasser, et de le questionner dans l'embrassade, et de savoir un peu d'où il venait.

Mais l'adolescent avait mis moins de temps à descendre que l'octogénaire à monter, et quand le père Gillenormand entra dans la mansarde, Marius n'y était plus.

Le lit n'était pas défait, et sur le lit s'étalaient sans défiance la redingote et le cordon noir.

— J'aime mieux ça, dit M. Gillenormand.

Et un moment après il fit son entrée dans le salon où était déjà assise Mlle Gillenormand aînée, brodant ses roues de cabriolet.

L'entrée fut triomphante.

M. Gillenormand tenait d'une main la redingote et de l'autre le ruban de cou, et criait :

— Victoire! nous allons pénétrer le mystère! nous allons savoir le fin du fin, nous allons palper les libertinages de notre sournois! nous voici à même le roman. J'ai le portrait!

En effet, une boîte de chagrin noir, assez semblable à un médaillon, était suspendue au cordon.

Le vieillard prit cette boîte et la considéra quelque temps sans l'ouvrir, avec cet air de volupté,

de ravissement et de colère d'un pauvre diable
affamé regardant passer sous son nez un admirable
dîner qui ne serait pas pour lui.

— Car c'est évidemment là un portrait. Je m'y
connais. Cela se porte tendrement sur le cœur.
Sont-ils bêtes ! Quelque abominable goton, qui fait
frémir probablement ! Les jeunes gens ont si mauvais goût aujourd'hui !

— Voyons, mon père, dit la vieille fille.

La boîte s'ouvrait en pressant un ressort. Ils n'y
trouvèrent rien qu'un papier soigneusement plié.

— *De la même au même,* dit M. Gillenormand
éclatant de rire. Je sais ce que c'est. Un billet
doux !

— Ah ! lisons donc ! dit la tante.

Et elle mit ses lunettes. Ils déplièrent le papier
et lurent ceci :

« — *Pour mon fils.* — L'empereur m'a fait baron
« sur le champ de bataille de Waterloo. Puisque
« la restauration me conteste ce titre que j'ai payé
« de mon sang, mon fils le prendra et le portera.
« Il va sans dire qu'il en sera digne. »

Ce que le père et la fille éprouvèrent ne saurait
se dire. Ils se sentirent glacés comme par le souffle

d'une tête de mort. Ils n'échangèrent pas un mot. Seulement M. Gillenormand dit à voix basse et comme se parlant à lui-même :

— C'est l'écriture de ce sabreur.

La tante examina le papier, le retourna dans tous les sens, puis le remit dans la boîte.

Au même moment, un petit paquet carré long enveloppé de papier bleu tomba d'une poche de la redingote. Mademoiselle Gillenormand le ramassa et développa le papier bleu. C'était le cent de cartes de Marius. Elle en passa une à M. Gillenormand qui lut : *Le baron Marius Pontmercy.*

Le vieillard sonna. Nicolette vint. M. Gillenormand prit le cordon, la boîte et la redingote, jeta le tout à terre au milieu du salon, et dit :

— Remportez ces nippes.

Une grande heure se passa dans le plus profond silence. Le vieux homme et la vieille fille s'étaient assis se tournant le dos l'un à l'autre, et pensaient, chacun de leur côté, probablement les mêmes choses. Au bout de cette heure, la tante Gillenormand dit :

— Joli !

Quelques instants après, Marius parut. Il ren-

trait. Avant même d'avoir franchi le seuil du salon, il aperçut son grand-père qui tenait à la main
une de ses cartes et qui, en le voyant, s'écria avec
son air de supériorité bourgeoise et ricanante qui
était quelque chose d'écrasant :

— Tiens ! tiens ! tiens ! tiens ! tiens ! tu es baron à présent. Je te fais mon compliment. Qu'est-ce
que cela veut dire ?

Marius rougit légèrement, et répondit :

— Cela veut dire que je suis le fils de mon
père.

M. Gillenormand cessa de rire et dit durement :

— Ton père, c'est moi.

— Mon père, reprit Marius les yeux baissés et
l'air sévère, c'était un homme humble et héroïque
qui a glorieusement servi la république et la France,
qui a été grand dans la plus grande histoire que
les hommes aient jamais faite, qui a vécu un quart
de siècle au bivouac, le jour sous la mitraille et
sous les balles, la nuit dans la neige, dans la
boue, sous la pluie, qui a pris deux drapeaux, qui
a reçu vingt blessures, qui est mort dans l'oubli et
dans l'abandon, et qui n'a jamais eu qu'un tort,

c'est de trop aimer deux ingrats, son pays et moi.

C'était plus que M. Gillenormand n'en pouvait entendre. A ce mot, *la république*, il s'était levé, ou pour mieux dire, dressé debout. Chacune des paroles que Marius venait de prononcer avait fait sur le visage du vieux royaliste l'effet des bouffées d'un soufflet de forge sur un tison ardent. De sombre il était devenu rouge, de rouge pourpre et de pourpre flamboyant.

— Marius ! s'écria-t-il. Abominable enfant ! je ne sais pas ce qu'était ton père ! je ne veux pas le savoir ! je n'en sais rien et je ne le sais pas ! mais ce que je sais, c'est qu'il n'y a jamais eu que des misérables parmi tous ces gens-là ! c'est que c'étaient tous des gueux, des assassins, des bonnets rouges, des voleurs ! je dis tous ! je dis tous ! je ne connais personne ! je dis tous ! entends-tu, Marius ! Vois-tu bien, tu es baron comme ma pantoufle ! c'étaient tous des bandits qui ont servi Robespierre ! tous des brigands qui ont servi B-u-o-naparté ! tous des traîtres qui ont trahi, trahi, trahi ! leur roi légitime ! tous des lâches qui se sont sauvés devant les prussiens et les anglais à Waterloo ! Voilà ce que je sais. Si monsieur votre père est là-dessous,

je l'ignore, j'en suis fâché, tant pis, votre ser-
viteur !

A son tour, c'était Marius qui était le tison, et
M. Gillenormand qui était le soufflet. Marius fris-
sonnait dans tous ses membres, il ne savait que
devenir, sa tête flambait. Il était le prêtre qui regarde jeter au vent toutes ses hosties, le fakir qui
voit un passant cracher sur son idole. Il ne se
pouvait que de telles choses eussent été dites
impunément devant lui. Mais que faire ? Son père
venait d'être foulé aux pieds et trépigné en sa présence, mais par qui ? par son grand-père. Comment
venger l'un sans outrager l'autre ? Il était impossible qu'il insultât son grand-père, et il était éga-
lement impossible qu'il ne vengeât point son père.
D'un côté une tombe sacrée, de l'autre des cheveux blancs. Il fut quelques instants ivre et chan-
celant, ayant tout ce tourbillon dans la tête ; puis
il leva les yeux, regarda fixement son aïeul et cria
d'une voix tonnante :

— A bas les Bourbons, et ce gros cochon de
Louis XVIII !

Louis XVIII était mort depuis quatre ans ; mais
cela lui était bien égal.

Le vieillard, d'écarlate qu'il était, devint subitement plus blanc que ses cheveux. Il se tourna vers un buste de M. le duc de Berry qui était sur la cheminée et le salua profondément avec une sorte de majesté singulière. Puis il alla deux fois, lentement et en silence, de la cheminée à la fenêtre et de la fenêtre à la cheminée, traversant toute la salle et faisant craquer le parquet comme une figure de pierre qui marche. A la seconde fois, il se pencha vers sa fille, qui assistait à ce choc avec la stupeur d'une vieille brebis, et lui dit en souriant d'un sourire presque calme :

— Un baron comme monsieur et un bourgeois comme moi ne peuvent rester sous le même toit.

Et tout à coup se redressant, blême, tremblant, terrible, le front agrandi par l'effrayant rayonnement de la colère, il étendit le bras vers Marius et lui cria :

— Va-t'en.

Marius quitta la maison.

Le lendemain, M. Gillenormand dit à sa fille :

— Vous enverrez tous les six mois soixante pistoles à ce buveur de sang, et vous ne m'en parlerez jamais.

Ayant un immense reste de fureur à dépenser, et ne sachant qu'en faire, il continua de dire *vous* à sa fille pendant plus de trois mois.

Marius, de son côté, était sorti indigné. Une circonstance qu'il faut dire avait aggravé encore son exaspération. Il y a toujours de ces petites fatalités qui compliquent les drames domestiques. Les griefs s'en augmentent, quoique au fond les torts n'en soient pas accrus. En reportant précipitamment, sur l'ordre du grand-père, « les nippes » de Marius dans sa chambre, Nicolette avait, sans s'en apercevoir, laissé tomber, probablement dans l'escalier des combles, qui était obscur, le médaillon de chagrin noir où était le papier écrit par le colonel. Ce papier ni ce médaillon ne purent être retrouvés. Marius fut convaincu que « monsieur Gillenormand, » à dater de ce jour il ne l'appela plus autrement, avait jeté « le testament de son père » au feu. Il savait par cœur les quelques lignes écrites par le colonel, et, par conséquent, rien n'était perdu. Mais le papier, l'écriture, cette relique sacrée, tout cela était son cœur même. Qu'en avait-on fait?

Marius s'en était allé, sans dire où il allait, et

sans savoir où il allait, avec trente francs, sa
montre, et quelques hardes dans un sac de nuit.
Il était monté dans un cabriolet de place, l'avait
pris à l'heure et s'était dirigé à tout hasard vers
le pays latin.

Qu'allait devenir Marius?

LIVRE QUATRIÈME

LES AMIS DE L'A B C

I

UN GROUPE QUI A FAILLI DEVENIR HISTORIQUE

A cette époque. indifférente en apparence, un
certain frisson révolutionnaire courait vaguement.
Des souffles, revenus des profondeurs de 89 et de
92, étaient dans l'air. La jeunesse était, qu'on nous
passe le mot, en train de muer. On se transformait
presque sans s'en douter, par le mouvement même
du temps. L'aiguille qui marche sur le cadran
marche aussi dans les âmes. Chacun faisait en avant

le pas qu'il avait à faire. Les royalistes devenaient
libéraux, les libéraux devenaient démocrates.

C'était comme une marée montante compliquée
de mille reflux ; le propre des reflux, c'est de fai.e
des mélanges ; de là des combinaisons d'idées très-
singulières ; on adorait à la fois Napoléon et la liberté. Nous faisons ici de l'histoire. C'étaient les
mirages de ce temps-là. Les opinions traversent
des phases. Le royalisme voltairien, variété bizarre,
a eu un pendant non moins étrange, le libéralis.ne
bonapartiste.

D'autres groupes d'esprits étaient plus sérieux.
Là on sondait le principe ; là on s'attachait au droit.
On se passionnait pour l'absolu, on entrevoyait les
réalisations infinies ; l'absolu, par sa rigidité même,
pousse les esprits vers l'azur et les fait flotter dans
l'illimité. Rien n'est tel que le dogme pour enfanter le rêve. Et rien n'est tel que le rêve pour en-
gendrer l'avenir. Utopie aujourd'hui, chair et os
demain.

Les opinions avancées avaient des doubles fonds.
Un commencement de mystère menaçait « l'ordre
établi, » lequel était suspect et sournois. Signe au
plus haut point révolutionnaire. L'arrière pensée

du pouvoir rencontre dans la sape l'arrière-pensée
du peuple. L'incubation des insurrections donne la
réplique à la préméditation des coups d'État.

Il n'y avait pas encore en France alors de ces
vastes organisations sous-jacentes comme le tugen-
bund allemand et le carbonarisme italien ; mais çà
et là des creusements obscurs, se ramifiant. La Cou-
gourde s'ébauchait à Aix ; il y avait à Paris, entre
autres affiliations de ce genre, la Société des Amis
de l'A B C.

Qu'était-ce que les Amis de l'A B C ? une société
ayant pour but, en apparence l'éducation des enfants, en réalité le redressement des hommes.

On se déclarait les amis de l'A B C. — L'*Abaissé,*
c'était le peuple. On voulait le relever. Calembour
dont on aurait tort de rire. Les calembours sont
quelquefois graves en politique ; témoin le *Castratus
ad castra* qui fit de Narsès un général d'armée ;
témoin : *Barbari et Barberini;* témoin : *Fueros y
Fuegos;* témoin : *Tu es Petrus et super hanc Pe-
tram*, etc., etc.

Les Amis de l'A B C étaient peu nombreux, c'était
une société secrète à l'état d'embryon ; nous dirions
presque une coterie, si les coteries aboutissaient à

des héros. Ils se réunissaient à Paris en deux endroits, près des halles, dans un cabaret appelé
Corinthe dont il sera question plus tard, et près du
Panthéon dans un petit café de la place Saint-Michel appelé *le Café Musain,* aujourd'hui démoli ; le
premier de ces lieux de rendez-vous était contigu
aux ouvriers, le deuxième, aux étudiants.

Les conciliabules habituels des Amis de l'A B C
se tenaient dans une arrière-salle du café Musain.

Cette salle, assez éloignée du café, auquel elle
communiquait par un très-long couloir, avait deux
fenêtres et une issue avec un escalier dérobé sur la
petite rue des Grès. On y fumait, on y buvait, on
y jouait, on y riait. On y causait très-haut de tout,
et à voix basse d'autre chose. Au mur était clouée,
indice suffisant pour éveiller le flair d'un agent de
police, une vieille carte de la France sous la République.

La plupart des amis de l'A B C étaient des étu-
diants, en entente cordiale avec quelques ouvriers.
Voici les noms des principaux. Ils appartiennent
dans une certaine mesure à l'histoire : Enjolras,
Combeferre, Jean Prouvaire, Feuilly, Courfeyrac,
Bahorel, Lesgle ou Laigle, Joly, Grantaire.

Ces jeunes gens faisaient entre eux une sorte de famille, à force d'amitié. Tous, Laigle excepté, étaient du Midi.

Ce groupe était remarquable. Il s'est évanoui dans les profondeurs invisibles qui sont derrière nous. Au point de ce drame où nous sommes parvenu, il n'est pas inutile peut-être de diriger un rayon de clarté sur ces jeunes têtes avant que le lecteur les voie s'enfoncer dans l'ombre d'une aventure tragique.

Enjolras, que nous avons nommé le premier, on verra plus tard pourquoi, était fils unique et riche.

Enjolras était un jeune homme charmant, capable d'être terrible. Il était angéliquement beau. C'était Antinoüs farouche. On eût dit, à voir la réverbération pensive de son regard, qu'il avait déjà, dans quelque existence précédente, traversé l'apocalypse révolutionnaire. Il en avait la tradition comme un témoin. Il savait tous les petits détails de la grande chose. Nature pontificale et guerrière, étrange dans un adolescent. Il était officiant et militant; au point de vue immédiat, soldat de la démocratie; au-dessus du mouvement contemporain, prêtre de l'idéal. Il avait la prunelle profonde, la paupière un peu rouge, la lèvre inférieure épaisse et

facilement dédaigneuse, le front haut. Beaucoup de
front dans un visage, c'est comme beaucoup de ciel
dans un horizon. Ainsi que certains jeunes hommes
du commencement de ce siècle et de la fin du siècle
dernier qui ont été illustres de bonne heure, il avait
une jeunesse excessive, fraîche comme chez les
jeunes filles, quoique avec des heures de pâleur.
Déjà homme, il semblait encore enfant. Ses vingt-
deux ans en paraissaient dix-sept ; il était grave, il
ne semblait pas savoir qu'il y eût sur la terre un être
appelé la femme. Il n'avait qu'une passion, le droit,
qu'une pensée, renverser l'obstacle. Sur le mont
Aventin, il eût été Gracchus ; dans la convention,
il eût été Saint-Just. Il voyait à peine les roses, il
ignorait le printemps, il n'entendait pas chanter
les oiseaux ; la gorge nue d'Évadné ne l'eût pas
plus ému qu'Aristogiton ; pour lui, comme pour
Harmodius, les fleurs n'étaient bonnes qu'à cacher
l'épée. Il était sévère dans les joies. Devant tout ce
qui n'était pas la République, il baissait chaste-
ment les yeux. C'était l'amoureux de marbre de la
liberté. Sa parole était âprement inspirée et avait
un frémissement d'hymne. Il avait des ouvertures
d'ailes inattendues. Malheur à l'amourette qui se

fût risquée de son côté! Si quelque grisette de la
place Cambrai ou de la rue Saint-Jean-de-Beau-
vais, voyant cette figure d'échappé de collége,
cette encolure de page, ces longs cils blonds, ces
yeux bleus, cette chevelure tumultueuse au vent,
ces joues roses, ces lèvres neuves, ces dents
exquises, eût eu appétit de toute cette aurore, et
fût venue essayer sa beauté sur Enjolras, un regard
surprenant et redoutable lui eût montré brusquement l'abîme et lui eût appris à ne pas confondre
avec le chérubin galant de Beaumarchais le formidable chérubin d'Ézéchiel.

A côté d'Enjolras qui représentait la logique
de la révolution, Combeferre en représentait la
philosophie. Entre la logique de la révolution et sa
philosophie, il y a cette différence que sa logique
peut conclure à la guerre, tandis que sa philosophie ne peut aboutir qu'à la paix. Combeferre com-
plétait et rectifiait Enjolras. Il était moins haut et
plus large. Il voulait qu'on versât aux esprits les
principes étendus d'idées générales; il disait:
Révolution, mais civilisation; et autour de la montagne à pic il ouvrait le vaste horizon bleu. De là,
dans toutes les vues de Combeferre, quelque chose

d'accessible et de praticable. La révolution avec
Combeferre était plus respirable qu'avec Enjolras.
Enjolras en exprimait le droit divin, et Combeferre
le droit naturel. Le premier se rattachait à Robespierre ; le second confinait à Condorcet. Combeferre vivait plus qu'Enjolras de la vie de tout
le monde. S'il eût été donné à ces deux jeunes
hommes d'arriver jusqu'à l'histoire, l'un eût été le
juste, l'autre eût été le sage. Enjolras était plus
viril, Combeferre était plus humain. *Homo* et *Vir,*
c'était bien là en effet leur nuance. Combeferre
était doux comme Enjolras était sévère, par blancheur naturelle. Il aimait le mot citoyen, mais il
préférait le mot homme. Il eût volontiers dit :
Hombre, comme les espagnols. Il lisait tout, allait
aux théâtres, suivait les cours publics, apprenait
d'Arago la polarisation de la lumière, se passionnait pour une leçon où Geoffroy Saint-Hilaire avait
expliqué la double fonction de l'artère carotide
externe et de l'artère carotide interne, l'une qui
fait le visage, l'autre qui fait le cerveau ; il était au
courant, suivait la science pas à pas, confrontait
Saint-Simon avec Fourier, déchiffrait les hiéro-
glyphes, cassait les cailloux qu'il trouvait et rai-

sonnait géologie, dessinait de mémoire un papillon
bombyx, signalait les fautes de français dans le
Dictionnaire de l'Académie, étudiait Puységur et
Deleuze, n'affirmait rien, pas même les miracles ;
ne niait rien, pas même les revenants ; feuilletait la
collection du *Moniteur,* songeait. Il déclarait que
l'avenir est dans la main du maître d'école, et se
préoccupait des questions d'éducation. Il voulait
que la société travaillât sans relâche à l'élévation
du niveau intellectuel et moral, au monnayage de
la science, à la mise en circulation des idées, à la
croissance de l'esprit dans la jeunesse, et il craignait que la pauvreté actuelle des méthodes, la
misère du point de vue littéraire borné à deux ou
trois siècles dits classiques, le dogmatisme tyran-
nique des pédants officiels, les préjugés scolas-
tiques et les routines ne finissent par faire de nos
colléges des huîtrières artificielles. Il était savant,
puriste, précis, polytechnique, piocheur, et en
même temps pensif « jusqu'à la chimère, » disaient
ses amis. Il croyait à tous les rêves : les chemins
de fer, la suppression de la souffrance dans les
opérations chirurgicales, la fixation de l'image de
la chambre noire, le télégraphe électrique, la

direction des ballons. Du reste peu effrayé des cita-
delles bâties de toutes parts contre le genre humain
par les superstitions, les despotismes et les préjugés. Il était de ceux qui pensent que la science
finira par tourner la position. Enjolras était un
chef, Combeferre était un guide. On eût voulu combattre avec l'un et marcher avec l'autre. Ce n'est
pas que Combeferre ne fût capable de combattre,
il ne refusait pas de prendre corps à corps l'obstacle
et de l'attaquer de vive force et par explosion ;
mais mettre peu à peu, par l'enseignement des
axiomes et la promulgation des lois positives, le
genre humain d'accord avec ses destinées, cela lui
plaisait mieux ; et, entre deux clartés, sa pente
était plutôt pour l'illumination que pour l'embrasement. Un incendie peut faire une aurore sans doute,
mais pourquoi ne pas attendre le lever du jour ?
Un volcan éclaire, mais l'aube éclaire encore mieux.
Combeferre préférait peut-être la blancheur du
beau au flamboiement du sublime. Une clarté trou-
blée par de la fumée, un progrès acheté par de la
violence, ne satisfaisaient qu'à demi ce tendre et
sérieux esprit. Une précipitation à pic d'un peuple
dans la vérité, un 93, l'effarait ; cependant la sta-

gnation lui répugnait plus encore, il y sentait la putréfaction et la mort; à tout prendre, il aimait mieux l'écume que le miasme, et il préférait au cloaque le torrent, et la chute du Niagara au lac de Montfaucon. En somme il ne voulait ni halte, ni hâte. Tandis que ses tumultueux amis, chevaleresquement épris de l'absolu, adoraient et appelaient les splendides aventures révolutionnaires, Combeferre inclinait à laisser faire le progrès, le bon progrès; froid peut-être, mais pur; méthodique, mais irréprochable; flegmatique, mais imperturbable. Combeferre se fût agenouillé et eût joint les mains pour que l'avenir arrivât avec toute sa candeur, et pour que rien ne troublât l'immense évolution vertueuse des peuples. *Il faut que le bien soit innocent,* répétait-il sans cesse. Et en effet, si la grandeur de la révolution, c'est de regarder fixement l'éblouissant idéal et d'y voler à travers les foudres, avec du sang et du feu à ses serres, la beauté du progrès, c'est d'être sans tache; et il y a entre Washington qui représente l'un et Danton qui incarne l'autre, la différence qui sépare l'ange aux ailes de cygne de l'ange aux ailes d'aigle.

Jean Prouvaire était une nuance plus adoucie

encore que Combeferre. Il s'appelait Jehan, par
cette petite fantaisie momentanée qui se mêlait au
puissant et profond mouvement d'où est sortie
l'étude si nécessaire du moyen âge. Jean Prouvaire
était amoureux, cultivait un pot de fleurs, jouait de
la flûte, faisait des vers, aimait le peuple, plaignait
la femme, pleurait sur l'enfant, confondait dans la
même confiance l'avenir et Dieu, et blâmait la révolution d'avoir fait tomber une tête royale, celle
d'André Chénier. Il avait la voix habituellement
délicate et tout à coup virile. Il était lettré jusqu'à
l'érudition, et presque orientaliste. Il était bon par-
dessus tout ; et, chose toute simple pour qui sait
combien la bonté confine à la grandeur, en fait de
poésie il préférait l'immense. Il savait l'italien,
le latin, le grec et l'hébreu ; et cela lui servait à ne
lire que quatre poëtes : Dante, Juvénal, Eschyle et
Isaïe. En français, il préférait Corneille à Racine
et Agrippa d'Aubigné à Corneille. Il flânait volontiers dans les champs de folle avoine et de bleuets,
et s'occupait des nuages presque autant que des
événements. Son esprit avait deux attitudes, l'une
du côté de l'homme, l'autre du côté de Dieu ; il
étudiait, ou il contemplait. Toute la journée il

approfondissait les questions sociales : le salaire, le
capital, le crédit, le mariage, la religion, la liberté
de penser, la liberté d'aimer, l'éducation, la péna-
lité, la misère, l'association, la propriété, la pro-
duction et la répartition, l'énigme d'en bas qui
couvre d'ombre la fourmilière humaine; et le soir,
il regardait les astres, ces êtres énormes. Comme
Enjolras, il était riche et fils unique. Il parlait dou-
cement, penchait la tête, baissait les yeux, souriait
avec embarras, se mettait mal, avait l'air gauche,
rougissait de rien, était fort timide. Du reste, intrépide.

Feuilly était un ouvrier éventailliste, orphelin de
père et de mère, qui gagnait péniblement trois
francs par jour, et qui n'avait qu'une pensée, délivrer le monde. Il avait une autre préoccupation encore : s'instruire; ce qu'il appelait aussi se délivrer.
Il s'était enseigné à lui-même à lire et à écrire;
tout ce qu'il savait, il l'avait appris seul. Feuilly
était un généreux cœur. Il avait l'embrassement
immense. Cet orphelin avait adopté les peuples.
Sa mère lui manquant, il avait médité sur la patrie. Il ne voulait pas qu'il y eût sur la terre un
homme qui fût sans patrie. Il couvait en lui-même,

avec la divination profonde de l'homme du peuple,
ce que nous appelons aujourd'hui *l'idée des natio-
nalités.* Il avait appris l'histoire exprès pour s'indi-
gner en connaissance de cause. Dans ce jeune cé-
nacle d'utopistes, surtout occupés de la France, il
représentait le dehors. Il avait pour spécialité la
Grèce, la Pologne, la Hongrie, la Roumanie,
l'Italie. Il prononçait ces noms-là sans cesse, à
propos et hors de propos, avec la ténacité du droit.
La Turquie sur la Grèce et la Thessalie, la Russie
sur Varsovie, l'Autriche sur Venise, ces viols
l'exaspéraient. Entre toutes, la grande voie de fait
de 1772 le soulevait. Le vrai dans l'indignation, il
n'y a pas de plus souveraine éloquence ; il était élo-
quent de cette éloquence-là. Il ne tarissait pas sur
cette date infâme, 1772, sur ce noble et vaillant
peuple supprimé par trahison, sur ce crime à trois,
sur ce guet-apens monstre, prototype et patron de
toutes ces effrayantes suppressions d'états qui, depuis, ont frappé plusieurs nobles nations, et leur
ont, pour ainsi dire, raturé leur acte de naissance.
Tous les attentats sociaux contemporains dérivent
du partage de la Pologne. Le partage de la Pologne est un théorème dont tous les forfaits poli-

tiques actuels sont les corollaires. Pas un despote, pas un traître, depuis tout à l'heure un siècle, qui n'ait visé, homologué, contre-signé et paraphé, *ne varietur,* le partage de la Pologne. Quand on compulse le dossier des trahisons modernes, celle-là apparaît la première. Le congrès de Vienne a consulté ce crime avant de consommer le sien. 1772 sonne l'hallali, 1815 est la curée. Tel était le texte habituel de Feuilly. Ce pauvre ouvrier s'était fait le tuteur de la justice, et elle le récompensait en le faisant grand. C'est qu'en effet, il y a de l'éternité dans le droit. Varsovie ne peut pas plus être tartare que Venise ne peut être tudesque. Les rois y perdent leur peine, et leur honneur. Tôt ou tard, la patrie submergée flotte à la surface et reparaît. La Grèce redevient la Grèce, l'Italie redevient l'Italie. La protestation du droit contre le fait persiste à jamais. Le vol d'un peuple ne se prescrit pas. Ces hautes escroqueries n'ont point d'avenir. On ne démarque pas une nation comme un mouchoir.

Courfeyrac avait un père qu'on nommait M. de Courfeyrac. Une des idées fausses de la bourgeoisie de la restauration en fait d'aristocratie et de noblesse, c'était de croire à la particule. La parti-

cule, on le sait, n'a aucune signification. Mais les
bourgeois du temps de *la Minerve* estimaient si
haut ce pauvre *de* qu'on se croyait obligé de l'ab-
diquer. M. de Chauvelin se faisait appeler M. Chauvelin, M. de Caumartin, M. Caumartin, M. de
Constant de Rebecque, Benjamin Constant, M. de
Lafayette, M. Lafayette. Courfeyrac n'avait pas
voulu rester en arrière, et s'appelait Courfeyrac
tout court.

Nous pourrions presque, en ce qui concerne
Courfeyrac, nous en tenir là, et nous borner à dire
quant au reste : Courfeyrac, voyez Tholomyès.

Courfeyrac en effet avait cette verve de jeunesse qu'on pourrait appeler la beauté du diable
de l'esprit. Plus tard, cela s'éteint comme la gen-
tillesse du petit chat, et toute cette grâce aboutit,
sur deux pieds, au bourgeois, et sur quatre pattes,
au matou.

Ce genre d'esprit, les générations qui traversent les écoles, les levées successives de la jeunesse, se le transmettent, et se le passent de main
en main, *quasi cursores,* à peu près toujours le
même ; de sorte que, ainsi que nous venons de l'indiquer, le premier venu qui eût écouté Courfeyrac

en 1828 eût cru entendre Tholomyès en 1817. Seulement Courfeyrac était un brave garçon. Sous les apparentes similitudes de l'esprit extérieur, la différence entre Tholomyès et lui était grande. L'homme latent qui existait en eux, était chez le premier tout autre que chez le second. Il y avait dans Tholomyès un procureur et dans Courfeyrac un paladin.

Enjolras était le chef, Combeferre était le guide, Courfeyrac était le centre. Les autres donnaient plus de lumière, lui il donnait plus de calorique; le fait est qu'il avait toutes les qualités d'un centre, la rondeur et le rayonnement.

Bahorel avait figuré dans le tumulte sanglant de juin 1822, à l'occasion de l'enterrement du jeune Lallemand.

Bahorel était un être de bonne humeur et de mauvaise compagnie, brave, panier percé, prodigue et rencontrant la générosité, bavard et rencontrant l'éloquence, hardi et rencontrant l'effronterie; la meilleure pâte de diable qui fût possible; ayant des gilets téméraires et des opinions écarlates; tapageur en grand, c'est-à-dire n'aimant rien tant qu'une querelle, si ce n'est une émeute,

et rien tant qu'une émeute, si ce n'est une révolution ; toujours prêt à casser un carreau, puis à
dépaver une rue, puis à démolir un gouvernement,
pour voir l'effet ; étudiant de onzième année. Il
flairait le droit, mais il ne le faisait pas. Il avait
pris pour devise : *avocat jamais,* et pour armoiries
une table de nuit dans laquelle on entrevoyait un
bonnet carré. Chaque fois qu'il passait devant l'é-
cole de droit, ce qui lui arrivait rarement, il bou-
tonnait sa redingote, le paletot n'était pas encore
inventé, et il prenait des précautions hygiéniques.
Il disait du portail de l'école : quel beau vieillard !
et du doyen, M. Delvincourt : quel monument ! Il
voyait dans ses cours des sujets de chansons et
dans ses professeurs des occasions de caricatures.
Il mangeait à rien faire une assez grosse pension,
quelque chose comme trois mille francs. Il avait des
parents paysans auxquels il avait su inculquer le
respect de leur fils.

Il disait d'eux : Ce sont des paysans, et non
des bourgeois ; c'est pour cela qu'ils ont de l'intelligence.

Bahorel, homme de caprice, était épars sur
plusieurs cafés ; les autres avaient des habitudes,

lui n'en avait pas. Il flânait. Errer est humain. Flâner est parisien. Au fond, esprit pénétrant et penseur plus qu'il ne semblait.

Il servait de lien entre les Amis de l'A B C et d'autres groupes encore informes, mais qui devaient se
dessiner plus tard.

Il y avait dans ce conclave de jeunes têtes un
membre chauve.

Le marquis d'Avaray, que Louis XVIII fit duc
pour l'avoir aidé à monter dans un cabriolet de
place le jour où il émigra, racontait qu'en 1814, à
son retour en France, comme le roi débarquait à
Calais, un homme lui présenta un placet.

— Que demandez-vous? dit le roi.

— Sire, un bureau de poste.

— Comment vous appelez-vous ?

— L'Aigle.

Le roi fronça le sourcil, regarda la signature du
placet et vit le nom écrit ainsi : LESGLE. Cette or-
thographe peu bonapartiste toucha le roi et il
commença à sourire. — Sire, reprit l'homme au
placet, j'ai pour ancêtre un valet de chiens sur-
nommé Lesgueules. Ce surnom a fait mon nom.
Je m'appelle Lesgueules, par contraction Lesgle

v   14

et par corruption L'Aigle. — Ceci fit que le roi acheva son sourire. Plus tard il donna à l'homme le bureau de poste de Meaux, exprès ou par mégarde.

Le membre chauve du groupe était fils de ce Lesgle, ou Lègle, et signait Lègle (de Meaux). Ses camarades, pour abréger, l'appelaient Bossuet.

Bossuet était un garçon gai qui avait du malheur. Sa spécialité était de ne réussir à rien. Par contre, il riait de tout. A vingt-cinq ans, il était chauve. Son père avait fini par avoir une maison et un champ; mais lui, le fils, n'avait rien eu de plus pressé que de perdre dans une fausse spéculation ce champ et cette maison. Il ne lui était rien resté. Il avait de la science et de l'esprit, mais il avortait. Tout lui manquait, tout le trompait; ce qu'il échafaudait croulait sur lui. S'il fendait du bois, il se coupait un doigt. S'il avait une maîtresse, il découvrait bientôt qu'il avait aussi un ami. A tout moment quelque misère lui advenait; de là sa jovialité. Il disait : *J'habite sous le toit des tuiles qui tombent.* Peu étonné, car pour lui l'accident était le prévu, il prenait la mauvaise chance en sérénité et souriait des taquineries de la destinée comme quelqu'un qui entend la plaisanterie. Il était pauvre, mais son gousset de bonne humeur était inépuisable. Il arrivait vite à son dernier sou, jamais à son dernier éclat de rire. Quand l'adversité entrait chez lui, il saluait cordialement cette ancienne connaissance, il tapait sur le ventre aux catastrophes; il était familier avec la fatalité au point de l'appeler par son petit nom. — Bonjour, Guignon, lui disait-il.

Ces persécutions du sort l'avaient fait inventif. Il était plein de ressources. Il n'avait point d'argent, mais il trouvait moyen de faire, quand bon lui semblait « des dépenses effrénées. » Une nuit, il alla jusqu'à manger « cent francs » dans un souper avec une péronnelle, ce qui lui inspira au milieu de l'orgie ce mot mémorable : *Fille de cinq louis, tire-moi mes bottes.*

Bossuet se dirigeait lentement vers la profession d'avocat; il faisait son droit, à la manière de Bahorel. Bossuet avait peu de domicile, quelquefois pas du tout. Il logeait tantôt chez l'un, tantôt chez l'autre, le plus souvent chez Joly. Joly étudiait la médecine. Il avait deux ans de moins que Bossuet.

Joly était le malade imaginaire jeune. Ce qu'il avait gagné à la médecine, c'était d'être plus malade que médecin. A vingt-trois ans, il se croyait valétudinaire et passait sa vie à regarder sa langue dans son miroir. Il affirmait que l'homme s'aimante comme une aiguille, et dans sa chambre il mettait son lit la tête au midi et les pieds au nord, afin que, la nuit, la circulation de son sang ne fût pas contrariée par le grand courant magnétique du globe. Dans les orages, il se tâtait le pouls. Du reste, le plus gai de tous. Toutes ces incohérences, jeune, maniaque, malingre, joyeux, faisaient bon ménage ensemble, et il en résultait un être excentrique et agréable que ses camarades, prodigues de consonnes ailées, appelaient Jolllly. — Tu peux t'envoler sur quatre L, lui disait Jean Prouvaire.

Joly avait l'habitude de se toucher le nez avec le bout de sa canne, ce qui est l'indice d'un esprit sagace.

Tous ces jeunes gens, si divers, et dont, en somme, il ne faut parler que sérieusement, avaient une même religion : le Progrès.

Tous étaient les fils directs de la révolution française. Les plus légers devenaient solennels en pro-

nonçant cette date : 89. Leurs pères selon la chair
étaient ou avaient été feuillants, royalistes, doctrinaires ; peu importait ; ce pêle-mêle antérieur à
eux, qui étaient jeunes. ne les regardait point ; le
pur sang des principes coulait dans leurs veines.
Ils se rattachaient sans nuance intermédiaire au
droit incorruptible et au devoir absolu.

Affiliés et initiés, ils ébauchaient souterrainement
l'idéal.

Parmi tous ces cœurs passionnés et tous ces
esprits convaincus, il y avait un sceptique. Comment
se trouvait-il là? par juxtaposition. Ce sceptique
s'appelait Grantaire, et signait habituellement de
ce rébus : R. — Grantaire était un homme qui se
gardait bien de croire à quelque chose. C'était du
reste un des étudiants qui avaient le plus appris
pendant leurs cours à Paris; il savait que le
meilleur café était au café Lemblin, et le meilleur
billard au café Voltaire, qu'on trouvait de bonnes
galettes et de bonnes filles à l'Ermitage sur le
boulevard du Maine, des poulets à la crapaudine
chez la mère Saguet, d'excellentes matelotes barrière de la Cunette, et un certain petit vin blanc
barrière du Combat. Pour tout, il savait les bons

endroits; en outre la savate et le chausson, quelques danses, et il était profond bâtonniste. Par-dessus le marché, grand buveur. Il était laid démesurément; la plus jolie piqueuse de bottines de ce temps-là, Irma Boissy, indignée de sa laideur, avait rendu cette sentence : *Grantaire est impossible;* mais la fatuité de Grantaire ne se déconcertait pas. Il regardait tendrement et fixement toutes les femmes, ayant l'air de dire de toutes : *si je voulais !* et cherchant à faire croire aux camarades qu'il était généralement demandé.

Tous ces mots : droits du peuple, droits de l'homme, contrat social, révolution française, république, démocratie, humanité, civilisation, religion, progrès, étaient, pour Grantaire, très-voisins de ne rien signifier du tout. Il en souriait. Le scepticisme, cette carie de l'intelligence, ne lui avait pas laissé une idée entière dans l'esprit. Il vivait avec ironie. Ceci était son axiome : Il n'y a qu'une certitude, mon verre plein. Il raillait tous les dévouements dans tous les partis, aussi bien le frère que le père, aussi bien Robespierre jeune que Loizerolles. — Ils sont bien avancés d'être morts, s'écriait-il. Il disait du crucifix : Voilà une

potence qui a réussi. Coureur, joueur, libertin,
souvent ivre, il faisait à ces jeunes songeurs le
déplaisir de chantonner sans cesse : *J'aimons les
filles et j'aimons le bon vin.* Air : Vive Henri IV.

Du reste, ce sceptique avait un fanatisme. Ce
fanatisme n'était ni une idée, ni un dogme, ni un
art, ni une science ; c'était un homme : Enjolras.
Grantaire admirait, aimait et vénérait Enjolras.
A qui se ralliait ce douteur anarchique dans cette
phalange d'esprits absolus ? Au plus absolu. De
quelle façon Enjolras le subjuguait-il ? Par les
idées ? Non. Par le caractère. Phénomène souvent
observé. Un sceptique qui adhère à un croyant,
cela est simple comme la loi des couleurs complé-
mentaires. Ce qui nous manque nous attire. Personne n'aime le jour comme l'aveugle. La naine
adore le tambour-major. Le crapaud a toujours
les yeux au ciel ; pourquoi ? Pour voir voler l'oiseau.
Grantaire, en qui rampait le doute, aimait à voir
dans Enjolras la foi planer. Il avait besoin d'Enjolras. Sans qu'il s'en rendît clairement compte et
sans qu'il songeât à se l'expliquer à lui-même,
cette nature chaste, saine, ferme, droite, dure,
candide, le charmait. Il admirait, d'instinct, son

contraire. Ses idées molles, fléchissantes, dislo-
quées, malades, difformes, se rattachaient à Enjolras comme à une épine dorsale. Son rachis
moral s'appuyait à cette fermeté. Grantaire, près
d'Enjolras, redevenait quelqu'un. Il était lui-même
d'ailleurs composé de deux éléments en apparence
incompatibles. Il était ironique et cordial. Son indifférence aimait. Son esprit se passait de croyance
et son cœur ne pouvait se passer d'amitié. Con-
tradiction profonde ; car une affection est une conviction. Sa nature était ainsi. Il y a des hommes
qui semblent nés pour être le verso, l'envers, le
revers. Ils sont Pollux, Patrocle, Nisus, Eudami-
das, Éphestion, Pechméja. Ils ne vivent qu'à la
condition d'être adossés à un autre ; leur nom est
une suite, et ne s'écrit que précédé de la conjonc-
tion *et* ; leur existence ne leur est pas propre ; elle
est l'autre côté d'une destinée qui n'est pas la leur.
Grantaire était un de ces hommes. Il était l'envers
d'Enjolras.

On pourrait presque dire que les affinités commencent aux lettres de l'alphabet. Dans la série,
O et P sont inséparables. Vous pouvez, à votre
gré, prononcer O et P, ou Oreste et Pylade.

Grantaire, vrai satellite d'Enjolras, habitait ce cercle de jeunes gens; il y vivait; il ne se plaisait que là; il les suivait partout. Sa joie était de voir aller et venir ces silhouettes dans les fumées du vin. On le tolérait pour sa bonne humeur.

Enjolras, croyant, dédaignait ce sceptique, et, sobre, cet ivrogne. Il lui accordait un peu de pitié hautaine. Grantaire était un Pylade point accepté. Toujours rudoyé par Enjolras, repoussé durement, rejeté et revenant, il disait d'Enjolras : Quel beau marbre !

II

ORAISON FUNÈBRE DE BLONDEAU, PAR BOSSUET

Une certaine après-midi, qui avait, comme on
va le voir, quelque coïncidence avec les événements racontés plus haut, Laigle de Meaux était
sensuellement adossé au chambranle de la porte
du café Musain. Il avait l'air d'une cariatide en
vacances ; il ne portait rien que sa rêverie. Il regardait la place Saint-Michel. S'adosser, c'est une

manière d'être couché debout qui n'est point haïe
des songeurs. Laigle de Meaux pensait, sans mélancolie, à une petite mésaventure qui lui était
échue l'avant-veille à l'école de droit, et qui modi-
fiait ses plans personnels d'avenir, plans d'ailleurs
assez indistincts.

La rêverie n'empêche pas un cabriolet de passer, et le songeur de remarquer le cabriolet. Laigle
de Meaux, dont les yeux erraient dans une sorte
de flânerie diffuse, aperçut, à travers ce somnam-
bulisme, un véhicule à deux roues cheminant dans
la place, lequel allait au pas, et comme indécis. A
qui en voulait ce cabriolet? pourquoi allait-il au
pas? Laigle y regarda. Il y avait dedans, à côté
du cocher, un jeune homme, et devant le jeune
homme, un assez gros sac de nuit. Le sac mon-
trait aux passants ce nom écrit en grosses lettres
noires sur une carte cousue à l'étoffe : Marius
Pontmercy.

Ce nom fit changer d'attitude à Laigle. Il se
dressa et jeta cette apostrophe au jeune homme du
cabriolet.

— Monsieur Marius Pontmercy!

Le cabriolet interpellé s'arrêta.

Le jeune homme qui, lui aussi, semblait songer profondément, leva les yeux.

— Hein? dit-il.

— Vous êtes monsieur Marius Pontmercy?

— Sans doute.

— Je vous cherchais, reprit Laigle de Meaux.

— Comment cela? demanda Marius; car c'était lui, en effet, qui sortait de chez son grand-père, et il avait devant lui une figure qu'il voyait pour la première fois. Je ne vous connais pas.

— Moi non plus, je ne vous connais point, répondit Laigle.

Marius crut à une rencontre de loustic, à un commencement de mystification en pleine rue. Il n'était pas d'humeur facile en ce moment-là. Il fronça le sourcil. Laigle de Meaux, imperturbable, poursuivit :

— Vous n'étiez pas avant-hier à l'école.

— Cela est possible.

— Cela est certain.

— Vous êtes étudiant? demanda Marius.

— Oui, monsieur. Comme vous. Avant-hier je suis entré à l'école par hasard. Vous savez, on a quelquefois de ces idées-là. Le professeur était en

train de faire l'appel. Vous n'ignorez pas qu'ils
sont très-ridicules dans ce moment-ci. Au troisième appel manqué, on vous raye l'inscription.
Soixante francs dans le gouffre.

Marius commençait à écouter. Laigle continua :

— C'était Blondeau qui faisait l'appel. Vous
connaissez Blondeau, il a le nez fort pointu et fort
malicieux, et flaire avec délices les absents. Il a
sournoisement commencé par la lettre P. Je n'écou-
tais pas, n'étant point compromis dans cette lettre-
là. L'appel n'allait pas mal. Aucune radiation,
l'univers était présent. Blondeau était triste. Je
disais à part moi : Blondeau, mon amour, tu ne
feras pas la plus petite exécution aujourd'hui.
Tout à coup Blondeau appelle *Marius Pontmercy*.
Personne ne répond. Blondeau, plein d'espoir, ré-
pète plus fort : *Marius Pontmercy*. Et il prend sa
plume. Monsieur, j'ai des entrailles. Je me suis
dit rapidement : Voilà un brave garçon qu'on va
rayer. Attention. Ceci est un véritable vivant qui
n'est pas exact. Ceci n'est point un bon élève. Ce
n'est point là un cul-de-plomb, un étudiant qui
étudie, un blanc-bec pédant, fort en science, lettres, théologie et sapience, un de ces esprits-bêtas

tirés à quatre épingles; une épingle par faculté. C'est un honorable paresseux qui flâne, qui pratique la villégiature, qui cultive la grisette, qui fait la cour aux belles, qui est peut-être en cet instant-ci chez ma maîtresse. Sauvons-le. Mort à Blondeau! En ce moment, Blondeau a trempé dans l'encre sa plume noire de ratures, a promené sa prunelle fauve sur l'auditoire, et a répété pour la troisième fois : *Marius Pontmercy!* J'ai répondu : *Présent!* Cela fait que vous n'avez pas été rayé.

— Monsieur !... dit Marius.

— Et que, moi, je l'ai été, ajouta Laigle de Meaux.

— Je ne vous comprends pas, fit Marius.

Laigle reprit :

— Rien de plus simple. J'étais près de la chaire pour répondre et près de la porte pour m'enfuir. Le professeur me contemplait avec une certaine fixité. Brusquement, Blondeau, qui doit être le nez malin dont parle Boileau, saute à la lettre L. L, c'est ma lettre. Je suis de Meaux et je m'appelle Lesgle.

— L'Aigle ! interrompit Marius, quel beau nom!

— Monsieur, le Blondeau arrive à ce beau nom et crie : *Laigle !* Je réponds : *Présent !* Alors Blondeau me regarde avec la douceur du tigre, sourit, et me dit : Si vous êtes Pontmercy, vous n'êtes pas Laigle. Phrase qui a l'air désobligeante pour vous, mais qui n'était lugubre que pour moi. Cela dit, il me raye.

Marius s'exclama :

— Monsieur, je suis mortifié...

— Avant tout, interrompit Laigle, je demande à embaumer Blondeau dans quelques phrases d'éloge senti. Je le suppose mort. Il n'y aurait pas grand'-chose à changer à sa maigreur, à sa pâleur, à sa froideur, à sa roideur et à son odeur. Et je dis : *Erudimini qui judicatis terram.* Ci-gît Blondeau, Blondeau le Nez, Blondeau Nasica, le bœuf de la discipline, *bos disciplinæ*, le molosse de la consigne, l'ange de l'appel, qui fut droit, carré, exact, rigide, honnête et hideux. Dieu le raya comme il m'a rayé.

Marius reprit :

— Je suis désolé...

— Jeune homme, dit Laigle de Meaux, que ceci vous serve de leçon. A l'avenir, soyez exact.

— Je vous fais vraiment mille excuses.

— Ne vous exposez plus à faire rayer votre prochain.

— Je suis désespéré...

Laigle éclata de rire.

— Et moi, ravi. J'étais sur la pente d'être avocat. Cette rature me sauve. Je renonce aux triomphes du barreau. Je ne défendrai point la veuve et je n'attaquerai point l'orphelin. Plus de toge, plus de stage. Voilà ma radiation obtenue. C'est à vous que je la dois, monsieur Pontmercy. J'entends vous faire solennellement une visite de remercîments. Où demeurez-vous?

— Dans ce cabriolet, dit Marius.

— Signe d'opulence, repartit Laigle avec calme. Je vous félicite. Vous avez là un loyer de neuf mille francs par an.

En ce moment Courfeyrac sortait du café.

Marius sourit tristement.

— Je suis dans ce loyer depuis deux heures et j'aspire à en sortir; mais, c'est une histoire comme cela, je ne sais où aller.

— Monsieur, dit Courfeyrac, venez chez moi.

— J'aurais la priorité, observa Laigle, mais je n'ai pas de chez moi.

— Tais-toi, Bossuet, reprit Courfeyrac.

— Bossuet, fit Marius, mais il me semblait que vous vous appeliez Laigle.

— De Meaux, répondit Laigle ; par métaphore, Bossuet.

Courfeyrac monta dans le cabriolet.

— Cocher, dit-il, hôtel de la Porte-Saint-Jacques.

Et le soir même, Marius était installé dans une chambre de l'hôtel de la Porte-Saint-Jacques côte à côte avec Courfeyrac.

III

LES ÉTONNEMENTS DE MARIUS

En quelques jours, Marius fut l'ami de Courfeyrac. La jeunesse est la saison des promptes sou-
dures et des cicatrisations rapides. Marius près de
Courfeyrac respirait librement, chose assez nouvelle pour lui. Courfeyrac ne lui fit pas de questions. Il n'y songea même pas. A cet âge, les visages
disent tout de suite tout. La parole est inutile. Il y
a tel jeune homme dont on pourrait dire que sa phy-

sionomie bavarde. On se regarde, on se connaît.

Un matin pourtant, Courfeyrac lui jeta brusquement cette interrogation :

— A propos, avez-vous une opinion politique?

— Tiens! dit Marius, presque offensé de la question.

— Qu'est-ce que vous êtes?

— Démocrate-bonapartiste.

— Nuance gris de souris rassurée, dit Courfeyrac.

Le lendemain, Courfeyrac introduisit Marius au Café Musain. Puis il lui chuchota à l'oreille avec un sourire : Il faut que je vous donne vos entrées dans la révolution. Et il le mena dans la salle des Amis de l'A B C. Il le présenta aux autres camarades en disant à demi-voix ce simple mot que Marius ne comprit pas : Un élève.

Marius était tombé dans un guêpier d'esprits. Du reste, quoique silencieux et grave, il n'était ni le moins ailé ni le moins armé.

Marius, jusque-là solitaire et inclinant au monologue et à l'aparté par habitude et par goût, fut un peu effarouché de cette volée de jeunes gens autour de lui. Toutes ces initiatives diverses le solli-

citaient à la fois, et le tiraillaient. Le va-et-vient
tumultueux de tous ces esprits en liberté et en travail faisait tourbillonner ses idées. Quelquefois,
dans le trouble, elles s'en allaient si loin de lui
qu'il avait de la peine à les retrouver. Il entendait
parler de philosophie, de littérature, d'art, d'histoire, de religion, d'une façon inattendue. Il entrevoyait des aspects étranges; et, comme il ne les
mettait point en perspective, il n'était pas sûr de ne
pas voir le chaos. En quittant les opinions de son
grand-père pour les opinions de son père, il s'était
cru fixé; il soupçonnait, maintenant, avec inquié-
tude et sans oser se l'avouer, qu'il ne l'était pas.
L'angle sous lequel il voyait toute chose commençait de nouveau à se déplacer. Une certaine oscil-
lation mettait en branle tous les horizons de son
cerveau. Bizarre remue-ménage intérieur. Il en
souffrait presque.

Il semblait qu'il n'y eût pas pour ces jeunes gens
de « choses consacrées. » Marius entendait, sur
toute matière, des langages singuliers, gênants
pour son esprit encore timide.

Une affiche de théâtre se présentait, ornée d'un
titre de tragédie du vieux répertoire, dit classique :

— A bas la tragédie chère aux bourgeois! criait
Bahorel. Et Marius entendait Combeferre répli-
quer :

— Tu as tort, Bahorel. La bourgeoisie aime la
tragédie, et il faut laisser sur ce point la bourgeoisie tranquille. La tragédie à perruque a sa raison d'être, et je ne suis pas de ceux qui, de par
Eschyle, lui contestent le droit d'exister. Il y a des
ébauches dans la nature; il y a, dans la création,
des parodies toutes faites; un bec qui n'est pas un
bec, des ailes qui ne sont pas des ailes, des nageoires qui ne sont pas des nageoires, des pattes
qui ne sont pas des pattes, un cri douloureux qui
donne envie de rire, voilà le canard. Or, puisque la
volaille existe à côté de l'oiseau, je ne vois pas
pourquoi la tragédie classique n'existerait point en
face de la tragédie antique.

Ou bien le hasard faisait que Marius passait
rue Jean-Jacques Rousseau entre Enjolras et Courfeyrac.

Courfeyrac lui prenait le bras :

— Faites attention. Ceci est la rue Plâtrière,
nommée aujourd'hui rue Jean-Jacques Rousseau,
à cause d'un ménage singulier qui l'habitait il y a

une soixantaine d'années. C'était Jean-Jacques et
Thérèse. De temps en temps, il naissait là de petits
êtres. Thérèse les enfantait, Jean-Jacques les en-
fantrouvait.

Et Enjolras rudoyait Courfeyrac.

— Silence devant Jean-Jacques ! cet homme, je
l'admire. Il a renié ses enfants, soit; mais il a
adopté le peuple.

Aucun de ces jeunes gens n'articulait ce mot :
l'Empereur. Jean Prouvaire seul disait quelquefois
Napoléon ; tous les autres disaient Bonaparte. Enjolras prononçait *Buonaparte*.

Marius s'étonnait vaguement. *Initium sapientiæ*.

IV

L'ARRIERE-SALLE DU CAFÉ MUSAIN

Une des conversations entre ces jeunes gens,
auxquelles Marius assistait et dans lesquelles il intervenait quelquefois, fut une véritable secousse
pour son esprit.

Cela se passait dans l'arrière-salle du Café Musain. A peu près tous les Amis de l'ABC étaient
réunis ce soir-là. Le quinquet était solennellement
allumé. On parlait de choses et d'autres, sans pas-

sion et avec bruit. Excepté Enjolras et Marius, qui se taisaient, chacun haranguait un peu au hasard. Les causeries entre camarades ont parfois de ces tumultes paisibles. C'était un jeu et un pêle-mêle autant qu'une conversation. On se jetait des mots qu'on rattrapait. On causait aux quatre coins.

Aucune femme n'était admise dans cette arrière-salle, excepté Louison, la laveuse de vaisselle du café, qui la traversait de temps en temps pour aller de la laverie au « laboratoire. »

Grantaire, parfaitement gris, assourdissait le coin dont il s'était emparé, il raisonnait et déraisonnait à tue-tête, il criait :

— J'ai soif. Mortels, je fais un rêve : que la tonne de Heidelberg ait une attaque d'apoplexie, et être de la douzaine de sangsues qu'on lui appliquera. Je voudrais boire. Je désire oublier la vie. La vie est une invention hideuse de je ne sais qui. Cela ne dure rien et cela ne vaut rien. On se casse le cou à vivre. La vie est un décor où il y a peu de praticables. Le bonheur est un vieux châssis peint d'un seul côté. L'Ecclésiaste dit : tout est vanité; je pense comme ce bonhomme qui n'a peut-être

jamais existé. Zéro, ne voulant pas aller tout nu,
s'est vêtu de vanité. O vanité! rhabillage de tout
avec de grands mots! une cuisine est un laboratoire, un danseur est un professeur, un saltimban-
que est un gymnaste, un boxeur est un pugiliste, un
apothicaire est un chimiste, un perruquier est un
artiste, un gâcheux est un architecte, un jockey est
un sportman, un cloporte est un ptérygibranche. La
vanité a un envers et un endroit; l'endroit est bête,
c'est le nègre avec ses verroteries; l'envers est sot,
c'est le philosophe avec ses guenilles. Je pleure sur
l'un et je ris de l'autre. Ce qu'on appelle honneurs
et dignités, et même honneur et dignité, est généralement en chrysocale. Les rois font joujou avec l'orgueil humain. Caligula faisait consul un cheval;
Charles II faisait chevalier un aloyau. Drapez-vous
donc maintenant entre le consul Incitatus et le ba-
ronnet Roastbeef. Quant à la valeur intrinsèque des
gens, elle n'est guère plus respectable. Écoutez le
panégyrique que le voisin fait du voisin. Blanc sur
blanc est féroce; si le lis parlait, comme il arran-
gerait la colombe! une bigote qui jase d'une dévote
est plus venimeuse que l'aspic et le bongare bleu.
C'est dommage que je sois un ignorant, car je vous

citerais une foule de choses; mais je ne sais rien.
Par exemple, j'ai toujours eu de l'esprit; quand
j'étais élève chez Gros, au lieu de barbouiller des
tableautins, je passais mon temps à chiper des
pommes; rapin est le mâle de rapine. Voilà pour
moi; quant à vous autres, vous me valez. Je me
fiche de vos perfections, excellences et qualités.
Toute qualité verse dans un défaut; l'économe
touche à l'avare, le généreux confine au prodigue,
le brave côtoie le bravache; qui dit très-pieux dit
un peu cagot; il y a juste autant de vices dans la
vertu qu'il y a de trous au manteau de Diogène.
Qui admirez-vous, le tué ou le tueur, César ou
Brutus? Généralement on est pour le tueur. Vive
Brutus! il a tué. C'est ça qui est la vertu. Vertu,
soit, mais folie aussi. Il y a des taches bizarres à
ces grands hommes-là. Le Brutus qui tua César
était amoureux d'une statue de petit garçon. Cette
statue était du statuaire grec Strongylion, lequel
avait aussi sculpté cette figure d'amazone appelée
Belle-Jambe, Eucnemos, que Néron emportait avec
lui dans ses voyages. Ce Strongylion n'a laissé que
deux statues qui ont mis d'accord Brutus et Néron;
Brutus fut amoureux de l'une et Néron de l'autre.

Toute l'histoire n'est qu'un long rabâchage. Un
siècle est le plagiaire de l'autre. La bataille de
Marengo copie la bataille de Pydna ; le Tolbiac de
Clovis et l'Austerlitz de Napoléon se ressemblent
comme deux gouttes de sang. Je fais peu de cas de
la victoire. Rien n'est stupide comme vaincre ; la
vraie gloire est convaincre. Mais tâchez donc de
prouver quelque chose ! vous vous contentez de
réussir, quelle médiocrité ! et de conquérir, quelle
misère ! Hélas, vanité et lâcheté partout. Tout
obéit au succès, même la grammaire. *Si volet usus,*
dit Horace. Donc, je dédaigne le genre humain.
Descendrons-nous du tout à la partie ? Voulez-vous
que je me mette à admirer les peuples ? quel peuple,
s'il vous plaît ? est-ce la Grèce ? Les Athéniens,
ces parisiens de jadis, tuaient Phocion, comme qui
dirait Coligny, et flagornaient les tyrans au point
qu'Anacéphore disait de Pisistrate : Son urine attire
les abeilles. L'homme le plus considérable de la
Grèce pendant cinquante ans a été ce grammairien
Philetas, lequel était si petit et si menu qu'il était
obligé de plomber ses souliers pour n'être pas em-
porté par le vent. Il y avait sur la grande place de
Corinthe une statue sculptée par Silanion et cata-

loguée par Pline; cette statue représentait Épisthate. Qu'a fait Épisthate? il a inventé le croc-en-
jambe. Ceci résume la Grèce et la gloire. Passons
à d'autres. Admirerai-je l'Angleterre? Admirerai-je
la France? la France? pourquoi? à cause de Paris?
je viens de vous dire mon opinion sur Athènes.
L'Angleterre? pourquoi? à cause de Londres? je
hais Carthage. Et puis, Londres, métropole du
luxe, est le chef-lieu de la misère. Sur la seule pa-
roisse de Charing-Cross, il y a par an cent morts
de faim. Telle est Albion. J'ajoute, pour comble,
que j'ai vu une anglaise danser avec une couronne
de roses et des lunettes bleues. Donc un groing
pour l'Angleterre! Si je n'admire pas John Bull,
j'admirerai donc frère Jonathan? Je goûte peu ce
frère à esclaves. Otez *times is money*, que reste-t-il
de l'Angleterre? ôtez *cotton is king*, que reste-t-il
de l'Amérique? L'Allemagne, c'est la lymphe;
l'Italie, c'est la bile. Nous extasierons-nous sur la
Russie? Voltaire l'admirait. Il admirait aussi la
Chine. Je conviens que la Russie a ses beautés,
entre autres un fort despotisme; mais je plains les
despotes. Ils ont une santé délicate. Un Alexis dé-
capité, un Pierre poignardé, un Paul étranglé, un

autre Paul aplati à coups de talon de botte, divers Ivans égorgés, plusieurs Nicolas et Basiles empoisonnés, tout cela indique que le palais des empereurs de Russie est dans une condition flagrante d'insalubrité. Tous les peuples civilisés offrent à l'admiration du penseur ce détail : la guerre ; or la guerre, la guerre civilisée, épuise et totalise toutes les formes du banditisme, depuis le brigandage des trabucaires aux gorges du mont Jaxa jusqu'à la maraude des Indiens Comanches dans la Passe-Douteuse. Bah ! me direz-vous, l'Europe vaut pourtant mieux que l'Asie ? Je conviens que l'Asie est farce ; mais je ne vois pas trop ce que vous avez à rire du grand lama, vous peuples d'occident qui avez mêlé à vos modes et à vos élégances toutes les ordures compliquées de majesté, depuis la chemise sale de la reine Isabelle jusqu'à la chaise percée du dauphin. Messieurs les humains, je vous dis bernique ! C'est à Bruxelles que l'on consomme le plus de bière, à Stockholm le plus d'eau-de-vie, à Madrid le plus de chocolat, à Amsterdam le plus de genièvre, à Londres le plus de vin, à Constantinople le plus de café, à Paris le plus d'absinthe ; voilà toutes les notions utiles. Paris l'emporte, en somme. A Paris,

les chiffonniers mêmes sont des sybarites ; Diogène
eût autant aimé être chiffonnier place Maubert que
philosophe au Pirée. Apprenez encore ceci : les ca-
barets des chiffonniers s'appellent bibines ; les plus
célèbres sont *la Casserole* et *l'Abattoir*. Donc, ô
guinguettes, goguettes, bouchons, caboulots, boui-
bouis, mastroquets, bastringues, marezingues, bibines des chiffonniers, caravansérails des califes,
je vous atteste, je suis un voluptueux, je mange
chez Richard à quarante sous par tête, il me faut
des tapis de Perse à y rouler Cléopâtre nue ! Où est
Cléopâtre ? Ah ! c'est toi, Louison. Bonjour.

Ainsi se répandait en paroles, accrochant la laveuse de vaisselle au passage, dans son coin de
l'arrière-salle Musain, Grantaire plus qu'ivre.

Bossuet, étendant la main vers lui, essayait de
lui imposer silence, et Grantaire repartait de plus
belle :

— Aigle de Meaux, à bas les pattes. Tu ne me
fais aucun effet avec ton geste d'Hippocrate refu-
sant le bric-à-brac d'Artaxerce. Je te dispense de
me calmer. D'ailleurs je suis triste. Que voulez-
vous que je vous dise ? L'homme est mauvais,
l'homme est difforme ; le papillon est réussi,

l'homme est raté. Dieu a manqué cet animal-là.
Une foule est un choix de laideurs. Le premier venu
est un misérable. Femme rime à infâme. Oui, j'ai
le spleen, compliqué de la mélancolie, avec la nos-
talgie, plus l'hypocondrie, et je bisque, et je rage,
et je bâille, et je m'ennuie, et je m'assomme, et je
m'embête ! Que Dieu aille au diable !

— Silence donc, R majuscule ! reprit Bossuet
qui discutait un point de droit avec la cantonade,
et qui était engagé plus qu'à mi-corps dans une
phrase d'argot judiciaire dont voici la fin :

— ... Et quant à moi, quoique je sois à peine
légiste et tout au plus procureur amateur, je soutiens ceci : qu'aux termes de la coutume de Normandie, à la Saint-Michel, et pour chaque année,
un Équivalent devait être payé au profit du seigneur, sauf autrui droit, par tous et un chacun,
tant les propriétaires que les saisis d'héritage, et
ce, pour toutes emphytéoses, baux, alleux, contrats
domaniaires et domaniaux, hypothécaires et hypo-
thécaux...

—Échos, nymphes plaintives, fredonna Grantaire.

Tout près de Grantaire, sur une table presque
silencieuse, une feuille de papier, un encrier et une

plume entre deux petits verres annonçaient qu'un
vaudeville s'ébauchait. Cette grosse affaire se traitait à voix basse, et les deux têtes en travail se tou-
chaient :

— Commençons par trouver les noms. Quand
on a les noms, on trouve le sujet.

— C'est juste. Dicte. J'écris.

— Monsieur Dorimon?

— Rentier?

— Sans doute.

— Sa fille, Célestine.

— ... tine. Après?

— Le colonel Sainval.

— Sainval est usé. Je dirais Valsin.

A côté des aspirants vaudevillistes, un autre
groupe, qui, lui aussi, profitait du brouhaha pour
parler bas, discutait un duel. Un vieux, trente ans,
conseillait un jeune, dix-huit ans, et lui expliquait
à quel adversaire il avait affaire :

— Diable! méfiez-vous. C'est une belle épée.
Son jeu est net. Il a de l'attaque, pas de feintes
perdues, du poignet, du pétillement, de l'éclair, la
parade juste, et des ripostes mathématiques, bigre!
et il est gaucher.

Dans l'angle opposé à Grantaire, Joly et Bahorel jouaient aux dominos et parlaient d'amour.

— Tu es heureux, toi, disait Joly. Tu as une maîtresse qui rit toujours.

— C'est une faute qu'elle fait, répondait Bahorel. La maîtresse qu'on a a tort de rire. Ça encourage à la tromper. La voir gaie, cela vous ôte le remords; si on la voit triste, on se fait conscience.

— Ingrat! C'est si bon une femme qui rit! Et jamais vous ne vous querellez!

— Cela tient au traité que nous avons fait. En faisant notre petite sainte-alliance, nous nous sommes assigné à chacun notre frontière que nous ne dépassons jamais. Ce qui est situé du côté de bise appartient à Vaud, du côté de vent à Gex. De là la paix.

— La paix, c'est le bonheur digérant.

— Et toi, Jolllly, où en es-tu de ta brouillerie avec mamselle... tu sais qui je veux dire?

— Elle me boude avec une patience cruelle.

— Tu es pourtant un amoureux attendrissant de maigreur.

— Hélas!

— A ta place, je la planterais là.

— C'est facile à dire.

— Et à faire. N'est-ce pas Musichetta qu'elle s'appelle?

— Oui. Ah! mon pauvre Bahorel, c'est une fille superbe, très-littéraire, de petits pieds, de petites mains, se mettant bien, blanche, potelée, avec des yeux de tireuse de cartes. J'en suis fou.

— Mon cher, alors il faut lui plaire, être élégant, et faire des effets de rotule. Achète-moi chez Staub un bon pantalon de cuir de laine. Cela prête.

— A combien? cria Grantaire.

Le troisième coin était en proie à une discussion poétique. La mythologie païenne se gourmait avec la mythologie chrétienne. Il s'agissait de l'Olympe dont Jean Prouvaire, par romantisme même, prenait le parti. Jean Prouvaire n'était timide qu'au repos. Une fois excité, il éclatait, une sorte de gaieté accentuait son enthousiasme, et il était à la fois riant et lyrique.

— N'insultons pas les dieux, disait-il. Les dieux ne s'en sont peut-être pas allés. Jupiter ne me fait point l'effet d'un mort. Les dieux sont des songes, dites-vous. Eh bien, même dans la nature, telle

qu'elle est aujourd'hui, après la fuite de ces
songes, on retrouve tous les grands vieux mythes
païens. Telle montagne à profil de citadelle, comme
la Vignemale, par exemple, est encore pour moi la
coiffure de Cybèle; il ne m'est pas prouvé que Pan
ne vienne pas la nuit souffler dans le tronc creux
des saules, en bouchant tour à tour les trous avec
ses doigts, et j'ai toujours cru qu'Io était pour
quelque chose dans la cascade de Pissevache.

Dans le dernier coin, on parlait politique. On
malmenait la Charte octroyée. Combeferre la soutenait mollement, Courfeyrac la battait en brèche
énergiquement. Il y avait sur la table un malencontreux exemplaire de la fameuse Charte-Touquet. Courfeyrac l'avait saisie et la secouait, mêlant
à ses arguments le frémissement de cette feuille
de papier.

— Premièrement, je ne veux pas de rois; ne
fût-ce qu'au point de vue économique, je n'en
veux pas; un roi est un parasite. On n'a pas de
rois gratis. Écoutez ceci : cherté des rois. A la
mort de François Ier, la dette publique en France
était de trente mille livres de rente; à la mort de
Louis XIV, elle était de deux milliards six cent

millions à vingt-huit livres le marc, ce qui équi-
valait en 1760, au dire de Desmarets, à quatre
milliards cinq cent millions, et ce qui équivau-
drait aujourd'hui à douze milliards. Deuxièmement, n'en déplaise à Combeferre, une charte
octroyée est un mauvais expédient de civilisation.
Sauver la transition, adoucir le passage, amortir
la secousse, faire passer insensiblement la nation
de la monarchie à la démocratie par la pratique
des fictions constitutionnelles, détestables raisons
que tout cela! Non! non! n'éclairons jamais le
peuple à faux jour. Les principes s'étiolent et
pâlissent dans votre cave constitutionnelle. Pas
d'abâtardissement, pas de compromis, pas d'oc-
troi du roi au peuple. Dans tous ces octrois-là, il
y a un article 14. A côté de la main qui donne, il
y a la griffe qui reprend. Je refuse net votre
charte. Une charte est un masque; le mensonge
est dessous. Un peuple qui accepte une charte
abdique. Le droit n'est le droit qu'entier. Non!
pas de charte!

On était en hiver; deux bûches pétillaient dans
la cheminée. Cela était tentant, et Courfeyrac n'y
résista pas. Il froissa dans son poing la pauvre

Charte-Touquet, et la jeta au feu. Le papier flamba.
Combeferre regarda philosophiquement brûler le
chef-d'œuvre de Louis XVIII, et se contenta de
dire :

— La charte métamorphosée en flamme.

Et les sarcasmes, les saillies, les quolibets, cette
chose française qu'on appelle l'entrain, cette chose
anglaise qu'on appelle l'humour, le bon et le mauvais goût, les bonnes et les mauvaises raisons,
toutes les folles fusées du dialogue, montant à la
fois et se croisant de tous les points de la salle,
faisaient au-dessus des têtes une sorte de bombar-
dement joyeux.

V

ÉLARGISSEMENT DE L'HORIZON

Les chocs des jeunes esprits entre eux ont cela
d'admirable qu'on ne peut jamais prévoir l'étincelle
ni deviner l'éclair. Que va-t-il jaillir tout à l'heure?
on l'ignore. L'éclat de rire part de l'attendrissement. Au moment bouffon, le sérieux fait son
entrée. Les impulsions dépendent du premier mot
venu. La verve de chacun est souveraine. Un lazzi
suffit pour ouvrir le champ à l'inattendu. Ce sont

des entretiens à brusques tournants où la perspective change tout à coup. Le hasard est le machi-
niste de ces conversations-là.

Une pensée sévère, bizarrement sortie d'un cli-
quetis de mots, traversa tout à coup la mêlée de
paroles où ferraillaient confusément Grantaire,
Bahorel, Prouvaire, Bossuet, Combeferre et Courfeyrac.

Comment une phrase survient-elle dans le dialogue? d'où vient qu'elle se souligne tout à coup
d'elle-même dans l'attention de ceux qui l'enten-
dent? Nous venons de le dire, nul n'en sait rien. Au
milieu du brouhaha, Bossuet termina tout à coup
une apostrophe quelconque à Combeferre par cette
date :

— 18 juin 1815 : Waterloo.

A ce nom Waterloo, Marius, accoudé près d'un
verre d'eau sur une table, ôta son poignet de dessous son menton, et commença à regarder fixement l'auditoire.

— Pardieu, s'écria Courfeyrac (*Parbleu*, à cette
époque, tombait en désuétude), ce chiffre 18 est
étrange, et me frappe. C'est le nombre fatal de
Bonaparte. Mettez Louis devant et brumaire der-

rière, vous avez toute la destinée de l'homme, avec cette particularité expressive que le commencement y est talonné par la fin.

Enjolras, jusque-là muet, rompit le silence, et adressa à Courfeyrac cette parole :

— Tu veux dire le crime par l'expiation.

Ce mot, *crime,* dépassait la mesure de ce que pouvait accepter Marius, déjà très-ému par la brusque évocation de Waterloo.

Il se leva, il marcha lentement vers la carte de France étalée sur le mur et au bas de laquelle on voyait une île dans un compartiment séparé, il posa son doigt sur ce compartiment, et dit :

— La Corse. Une petite île qui a fait la France bien grande.

Ce fut le souffle d'air glacé. Tous s'interrompirent. On sentit que quelque chose allait commencer.

Bahorel, ripostant à Bossuet, était en train de prendre une pose de torse à laquelle il tenait. Il y renonça pour écouter.

Enjolras, dont l'œil bleu n'était attaché sur personne et semblait considérer le vide, répondit sans regarder Marius.

— La France n'a besoin d'aucune Corse pour
être grande. La France est grande parce qu'elle
est la France. *Quia nominor leo.*

Marius n'éprouva nulle velléité de reculer; il
se tourna vers Enjolras, et sa voix éclata avec
une vibration qui venait du tressaillement des entrailles :

— A Dieu ne plaise que je diminue la France !
mais ce n'est point la diminuer que de lui amalga-
mer Napoléon. Ah çà, parlons donc. Je suis nouveau venu parmi vous, mais je vous avoue que
vous m'étonnez. Où en sommes-nous? qui sommes-
nous? qui êtes-vous? qui suis-je? Expliquons-
nous sur l'empereur. Je vous entends dire Buonaparte en accentuant l'*u* comme des royalistes. Je
vous préviens que mon grand-père fait mieux encore; il dit Buonaparté. Je vous croyais des jeunes
gens. Où mettez-vous donc votre enthousiasme?
et qu'est-ce que vous en faites? qui admirez-vous
si vous n'admirez pas l'empereur? et que vous
faut-il de plus? Si vous ne voulez pas de ce grand
homme-là, de quels grands hommes voudrez-vous?
Il avait tout. Il était complet. Il avait dans son
cerveau le cube des facultés humaines. Il faisait

des codes comme Justinien, il dictait comme César,
sa causerie mêlait l'éclair de Pascal au coup de
foudre de Tacite, il faisait l'histoire et il l'écrivait,
ses bulletins sont des Iliades, il combinait le
chiffre de Newton avec la métaphore de Mahomet,
il laissait derrière lui dans l'Orient des paroles
grandes comme les pyramides, à Tilsitt il ensei-
gnait la majesté aux empereurs, à l'académie des
sciences il donnait la réplique à Laplace, au con-
seil d'État il tenait tête à Merlin, il donnait une
âme à la géométrie des uns et à la chicane des autres, il était légiste avec les procureurs et sidéral
avec les astronomes; comme Cromwell soufflant
une chandelle sur deux, il s'en allait au Temple
marchander un gland de rideau; il voyait tout; il
savait tout; ce qui ne l'empêchait pas de rire d'un
rire bonhomme au berceau de son petit enfant; et
tout à coup, l'Europe effarée écoutait, des armées
se mettaient en marche, des parcs d'artillerie rou-
laient, des ponts de bateaux s'allongeaient sur les
fleuves, les nuées de la cavalerie galopaient dans
l'ouragan, cris, trompettes, tremblement de trônes
partout, les frontières des royaumes oscillaient sur
la carte, on entendait le bruit d'un glaive surhu-

main qui sortait du fourreau, on le voyait, lui, se
dresser debout sur l'horizon avec un flamboiement
dans la main et un resplendissement dans les yeux,
déployant dans le tonnerre ses deux ailes, la grande
armée et la vieille garde, et c'était l'archange de
la guerre !

Tous se taisaient, et Enjolras baissait la tête.
Le silence fait toujours un peu l'effet de l'acquies-
cement ou d'une sorte de mise au pied du mur.
Marius, presque sans reprendre haleine, continua
avec un surcroît d'enthousiasme :

— Soyons justes, mes amis ! être l'empire d'un
tel empereur, quelle splendide destinée pour un
peuple, lorsque ce peuple est la France et qu'il
ajoute son génie au génie de cet homme ! Apparaître et régner, marcher et triompher, avoir pour
étapes toutes les capitales, prendre ses grenadiers
et en faire des rois, décréter des chutes de dynastie, transfigurer l'Europe au pas de charge, qu'on
sente, quand vous menacez, que vous mettez la
main sur le pommeau de l'épée de Dieu, suivre,
dans un seul homme, Annibal, César et Charlemagne, être le peuple de quelqu'un qui mêle à
toutes vos aubes l'annonce éclatante d'une bataille

gagnée, avoir pour réveille-matin le canon des Invalides, jeter dans des abîmes de lumière des mots
prodigieux qui flamboient à jamais, Marengo, Arcole, Austerlitz, Iéna, Wagram! faire à chaque
instant éclore au zénith des siècles des constellations de victoires, donner l'empire français pour
pendant à l'empire romain, être la grande nation
et enfanter la grande armée, faire envoler par toute
la terre ses légions comme une montagne envoie
de tous côtés ses aigles, vaincre, dominer, fou-
droyer, être en Europe une sorte de peuple doré à
force de gloire, sonner à travers l'histoire une fanfare de titans, conquérir le monde deux fois, par la
conquête et par l'éblouissement, cela est sublime ;
et qu'y a-t-il de plus grand ?

— Être libre, dit Combeferre.

Marius à son tour baissa la tête ; ce mot simple
et froid avait traversé comme une lame d'acier son
effusion épique, et il la sentait s'évanouir en lui.
Lorsqu'il leva les yeux, Combeferre n'était plus là.
Satisfait probablement de sa réplique à l'apo-
théose, il venait de partir, et tous, excepté Enjolras, l'avaient suivi. La salle s'était vidée. Enjolras,
resté seul avec Marius, le regardait gravement.

Marius, cependant, ayant un peu rallié ses idées, ne se tenait pas pour battu; il y avait en lui un reste de bouillonnement qui allait sans doute se traduire en syllogismes déployés contre Enjolras, quand tout à coup on entendit quelqu'un qui chantait dans l'escalier en s'en allant. C'était Combeferre, et voici ce qu'il chantait :

> Si César m'avait donné
>> La gloire et la guerre,
> Et qu'il me fallût quitter
>> L'amour de ma mère,
> Je dirais au grand César :
> Reprends ton sceptre et ton char,
>> J'aime mieux ma mère, ô gue!
>> J'aime mieux ma mère.

L'accent tendre et farouche dont Combeferre le chantait, donnait à ce couplet une sorte de grandeur étrange. Marius, pensif et l'œil au plafond, répéta presque machinalement : ma mère?...

En ce moment, il sentit sur son épaule la main d'Enjolras.

— Citoyen, lui dit Enjolras, ma mère, c'est la république.

VI

RES ANGUSTA

Cette soirée laissa à Marius un ébranlement profond, et une obscurité triste dans l'âme. Il éprouva
ce qu'éprouve peut-être la terre au moment où on
l'ouvre avec le fer pour y déposer le grain de blé;
elle ne sent que la blessure; le tressaillement du
germe et la joie du fruit n'arrivent que plus tard.

Marius fut sombre. Il venait à peine de se

faire une foi; fallait-il donc déjà la rejeter? Il
s'affirma à lui-même que non. Il se déclara
qu'il ne voulait pas douter, et il commença à
douter malgré lui. Être entre deux religions,
l'une dont on n'est pas encore sorti, l'autre
où l'on n'est pas encore entré, cela est insupportable; et les crépuscules ne plaisent qu'aux
âmes chauves-souris. Marius était une prunelle
franche, et il lui fallait de la vraie lumière. Les
demi-jours du doute lui faisaient mal. Quel que
fût son désir de rester où il était et de s'en tenir
là, il était invinciblement contraint de continuer,
d'avancer, d'examiner, de penser, de marcher plus
loin. Où cela allait-il le conduire? il craignait,
après avoir fait tant de pas qui l'avaient rapproché
de son père, de faire maintenant des pas qui l'en
éloigneraient. Son malaise croissait de toutes les
réflexions qui lui venaient. L'escarpement se dessinait autour de lui. Il n'était d'accord ni avec son
grand-père, ni avec ses amis; téméraire pour l'un,
arriéré pour les autres; et il se reconnut double-
ment isolé, du côté de la vieillesse, et du côté de
la jeunesse. Il cessa d'aller au café Musain.

Dans ce trouble où était sa conscience, il ne son-

geait plus guère à de certains côtés sérieux de
l'existence. Les réalités de la vie ne se laissent pas
oublier. Elles vinrent brusquement lui donner leur
coup de coude.

Un matin, le maître de l'hôtel entra dans la
chambre de Marius et lui dit :

— Monsieur Courfeyrac a répondu pour vous.

— Oui.

— Mais il me faudrait de l'argent.

— Priez Courfeyrac de venir me parler, dit Marius.

Courfeyrac venu, l'hôte les quitta. Marius lui
conta ce qu'il n'avait pas songé à lui dire encore,
qu'il était comme seul au monde et n'ayant pas de
parents.

— Qu'allez-vous devenir? dit Courfeyrac.

— Je n'en sais rien, répondit Marius.

— Qu'allez-vous faire?

— Je n'en sais rien.

— Avez-vous de l'argent?

— Quinze francs.

— Voulez-vous que je vous en prête?

— Jamais.

— Avez-vous des habits?

— Voilà.

— Avez-vous des bijoux?

— Une montre.

— D'argent?

— D'or, la voici.

— Je sais un marchand d'habits qui vous prendra votre redingote et un pantalon.

— C'est bien.

— Vous n'aurez plus qu'un pantalon, un gilet, un chapeau et un habit.

— Et mes bottes.

— Quoi! vous n'irez pas pieds nus? quelle opulence!

— Ce sera assez.

— Je sais un horloger qui vous achètera votre montre.

— C'est bon.

— Non, ce n'est pas bon. Que ferez-vous après?

— Tout ce qu'il faudra. Tout l'honnête du moins.

— Savez-vous l'anglais?

— Non.

— Savez-vous l'allemand?

— Non.

— Tant pis.

— Pourquoi?

— C'est qu'un de mes amis, libraire, fait une façon d'encyclopédie pour laquelle vous auriez pu traduire des articles allemands ou anglais. C'est mal payé, mais on vit.

— J'apprendrai l'anglais et l'allemand.

— Et en attendant?

— En attendant je mangerai mes habits et ma montre.

On fit venir le marchand d'habits. Il acheta la défroque vingt francs. On alla chez l'horloger. Il acheta la montre quarante-cinq francs.

— Ce n'est pas mal, disait Marius à Courfeyrac en rentrant à l'hôtel, avec mes quinze francs, cela fait quatre-vingts francs.

— Et la note de l'hôtel? observa Courfeyrac.

— Tiens, j'oubliais, dit Marius.

L'hôte présenta sa note qu'il fallut payer sur-le-champ. Elle se montait à soixante-dix francs.

— Il me reste dix francs, dit Marius.

— Diable, fit Courfeyrac, vous mangerez cinq francs pendant que vous apprendrez l'anglais, et

cinq francs pendant que vous apprendrez l'allemand. Ce sera avaler une langue bien vite ou une
pièce de cent sous bien lentement.

Cependant la tante Gillenormand, assez bonne
personne au fond dans les occasions tristes, avait
fini par déterrer le logis de Marius.

Un matin, comme Marius revenait de l'école, il
trouva une lettre de sa tante et les *soixante pistoles,*
c'est-à-dire six cents francs en or dans une boîte
cachetée.

Marius renvoya les trente louis à sa tante avec
une lettre respectueuse où il déclarait avoir des
moyens d'existence et pouvoir suffire désormais à
tous ses besoins. En ce moment-là il lui restait
trois francs.

La tante n'informa point le grand-père de ce re-
fus de peur d'achever de l'exaspérer. D'ailleurs
n'avait-il pas dit : Qu'on ne me parle jamais de ce
buveur de sang !

Marius sortit de l'hôtel de la porte Saint-Jacques, ne voulant pas s'y endetter.

—

LIVRE CINQUIÈME

EXCELLENCE DU MALHEUR

I

MARIUS INDIGENT

La vie devint sévère pour Marius. Manger ses
habits et sa montre, ce n'était rien. Il mangea de
cette chose inexprimable qu'on appelle *de la vache
enragée*. Chose horrible, qui contient les jours sans
pain, les nuits sans sommeil, les soirs sans chandelle, l'âtre sans feu, les semaines sans travail,
l'avenir sans espérance, l'habit percé au coude, le
vieux chapeau qui fait rire les jeunes filles, la porte

qu'on trouve fermée le soir parce qu'on ne paye pas son loyer, l'insolence du portier et du gargotier, les ricanements des voisins, les humiliations, la dignité refoulée, les besognes quelconques acceptées, les dégoûts, l'amertume, l'accablement. Marius apprit comment on dévore tout cela, et comment ce sont souvent les seules choses qu'on ait à dévorer. A ce moment de l'existence où l'homme a besoin d'orgueil, parce qu'il a besoin d'amour, il se sentit moqué parce qu'il était mal vêtu, et ridicule parce qu'il était pauvre. A l'âge où la jeunesse vous gonfle le cœur d'une fierté impériale, il abaissa plus d'une fois ses yeux sur ses bottes trouées, et il connut les hontes injustes et les rougeurs poignantes de la misère. Admirable et terrible épreuve dont les faibles sortent infâmes, dont les forts sortent sublimes. Creuset où la destinée jette un homme, toutes les fois qu'elle veut avoir un gredin ou un demi-dieu.

Car il se fait beaucoup de grandes actions dans les petites luttes. Il y a des bravoures opiniâtres et ignorées qui se défendent pied à pied dans l'ombre contre l'envahissement fatal des nécessités et des turpitudes. Nobles et mystérieux triomphes

qu'aucun regard ne voit, qu'aucune renommée ne
paye, qu'aucune fanfare ne salue. La vie, le malheur, l'isolement, l'abandon, la pauvreté, sont
des champs de bataille qui ont leurs héros; héros
obscurs plus grands parfois que les héros illustres.

De fermes et rares natures sont ainsi créées; la
misère, presque toujours marâtre, est quelquefois
mère; le dénûment enfante la puissance d'âme et
d'esprit; la détresse est nourrice de la fierté; le
malheur est un bon lait pour les magnanimes.

Il y eut un moment dans la vie de Marius où
il balayait son palier, où il achetait un sou de
fromage de Brie chez la fruitière, où il attendait
que la brune tombât pour s'introduire chez le bou-
langer, et y acheter un pain qu'il emportait furtive-
ment dans son grenier, comme s'il l'eût volé. Quelquefois on voyait se glisser dans la boucherie du
coin, au milieu des cuisinières goguenardes qui le
coudoyaient, un jeune homme gauche portant des
livres sous son bras, qui avait l'air timide et furieux, qui en entrant ôtait son chapeau de son front
où perlait la sueur, faisait un profond salut à la
bouchère étonnée, un autre salut au garçon bou-
cher, demandait une côtelette de mouton, la payait

six ou sept sous, l'enveloppait de papier, la mettait sous son bras entre deux livres, et s'en allait. C'était Marius. Avec cette côtelette, qu'il faisait cuire lui-même, il vivait trois jours.

Le premier jour il mangeait la viande, le second jour il mangeait la graisse, le troisième jour il rongeait l'os. A plusieurs reprises la tante Gillenormand fit des tentatives, et lui adressa les soixante pistoles. Marius les renvoya constamment, en disant qu'il n'avait besoin de rien.

Il était encore en deuil de son père quand la révolution que nous avons racontée s'était faite en lui. Depuis lors, il n'avait plus quitté les vêtements noirs. Cependant ses vêtements le quittèrent. Un jour vint où il n'eut plus d'habit. Le pantalon allait encore. Que faire? Courfeyrac, auquel il avait de son côté rendu quelques bons offices, lui donna un vieil habit. Pour trente sous, Marius le fit retourner par un portier quelconque, et ce fut un habit neuf. Mais cet habit était vert. Alors Marius ne sortit plus qu'après la chute du jour. Cela faisait que son habit était noir. Voulant toujours être en deuil, il se vêtissait de la nuit.

A travers tout cela, il se fit recevoir avocat. Il

était censé habiter la chambre de Courfeyrac, qui était décente et où un certain nombre de bouquins de droit soutenus et complétés par des volumes de romans dépareillés figuraient la bibliothèque voulue par les règlements. Il se faisait adresser ses lettres chez Courfeyrac.

Quand Marius fut avocat, il en informa son grand-père par une lettre froide, mais pleine de soumission et de respect. M. Gillenormand prit la lettre, avec un tremblement, la lut et la jeta, déchirée en quatre, au panier. Deux ou trois jours après, mademoiselle Gillenormand entendit son père qui était seul dans sa chambre et qui parlait tout haut. Cela lui arrivait chaque fois qu'il était très-agité. Elle prêta l'oreille; le vieillard disait : — Si tu n'étais pas un imbécile, tu saurais qu'on ne peut pas être à la fois baron et avocat.

II

MARIUS PAUVRE

Il en est de la misère comme de tout. Elle arrive à devenir possible. Elle finit par prendre une forme et se composer. On végète, c'est-à-dire on se développe d'une certaine façon chétive, mais suffisante à la vie. Voici de quelle manière l'existence de Marius Pontmercy s'était arrangée :

Il était sorti du plus étroit ; le défilé s'élargissait un peu devant lui. A force de labeur, de courage,

de persévérance et de volonté, il était parvenu à
tirer de son travail environ sept cents francs par
an. Il avait appris l'allemand et l'anglais ; grâce à
Courfeyrac qui l'avait mis en rapport avec son ami
le libraire, Marius remplissait dans la littérature-
librairie le modeste rôle d'*utilité*. Il faisait des pro-
spectus, traduisait des journaux, annotait des édi-
tions, compilait des biographies, etc., produit net,
bon an, mal an, sept cents francs. Il en vivait.
Comment ? Pas mal. Nous l'allons dire.

Marius occupait dans la masure Gorbeau, moyen-
nant le prix annuel de trente francs, un taudis sans
cheminée qualifié cabinet où il n'y avait, en fait de
meubles, que l'indispensable. Ces meubles étaient
à lui. Il donnait trois francs par mois à la vieille
principale locataire pour qu'elle vînt balayer le taudis et lui apporter chaque matin un peu d'eau
chaude, un œuf frais et un pain d'un sou. De ce
pain et de cet œuf, il déjeunait. Son déjeuner va-
riait de deux à quatre sous selon que les œufs
étaient chers ou bon marché. A six heures du soir,
il descendait rue Saint-Jacques, dîner chez Rousseau, vis-à-vis Basset, le marchand d'estampes
du coin de la rue des Mathurins. Il ne mangeait

pas de soupe. Il prenait un plat de viande de six
sous, un demi-plat de légumes de trois sous, et
un dessert de trois sous. Pour trois sous, du pain
à discrétion. Quant au vin, il buvait de l'eau. En
payant au comptoir, où siégeait majestueusement
madame Rousseau, à cette époque toujours grasse
et encore fraîche, il donnait un sou au garçon et
madame Rousseau lui donnait un sourire. Puis il
s'en allait. Pour seize sous, il avait un sourire et
un dîner.

Ce restaurant Rousseau, où l'on vidait si peu de
bouteilles et tant de carafes, était un calmant plus
encore qu'un restaurant. Il n'existe plus aujour-
d'hui. Le maître avait un beau surnom; on l'appelait *Rousseau l'aquatique*.

Ainsi, déjeuner quatre sous, dîner seize sous; sa
nourriture lui coûtait vingt sous par jour; ce qui
faisait trois cent soixante-cinq francs par an. Ajou-
tez les trente francs de loyer et les trente-six francs
à la vieille, plus quelques menus frais; pour
quatre cent cinquante francs, Marius était nourri,
logé et servi. Son habillement lui coûtait cent francs,
son linge cinquante francs, son blanchissage cinquante francs, le tout ne dépassait pas six cent

v.   18 cinquante francs. Il lui restait cinquante francs. Il était riche. Il prêtait dans l'occasion dix francs à un ami; Courfeyrac avait pu lui emprunter une fois soixante francs. Quant au chauffage, n'ayant pas de cheminée, Marius l'avait « simplifié. »

Marius avait toujours deux habillements complets, l'un vieux, « pour tous les jours, » l'autre tout neuf, pour les occasions. Les deux étaient noirs. Il n'avait que trois chemises, l'une sur lui, l'autre dans la commode, la troisième chez la blanchisseuse. Il les renouvelait à mesure qu'elles s'usaient. Elles étaient habituellement déchirées, ce qui lui faisait boutonner son habit jusqu'au menton.

Pour que Marius en vînt à cette situation florissante, il avait fallu des années. Années rudes; difficiles, les unes à traverser, les autres à gravir. Marius n'avait point failli un seul jour. Il avait tout subi, en fait de dénûment; il avait tout fait, excepté des dettes. Il se rendait ce témoignage que jamais il n'avait dû un sou à personne. Pour lui une dette, c'était le commencement de l'esclavage. Il se disait même qu'un créancier est pire qu'un maître; car un maître ne possède que votre personne, un créancier possède votre dignité et peut la souffleter. Plutôt que d'emprunter il ne mangeait pas. Il avait eu beaucoup de jours de jeûne. Sentant que toutes les extrémités se touchent et que, si l'on n'y prend garde, l'abaissement de fortune peut mener à la bassesse d'âme, il veillait jalousement sur sa fierté. Telle formule ou telle démarche qui, dans toute autre situation, lui eût paru déférence, lui semblait platitude, et il se redressait. Il ne hasardait rien, ne voulant pas reculer. Il avait sur le visage une sorte de rougeur sévère. Il était timide jusqu'à l'âpreté.

Dans toutes ses épreuves il se sentait encouragé et quelquefois même porté par une force secrète qu'il avait en lui. L'âme aide le corps, et à de certains moments le soulève. C'est le seul oiseau qui soutienne sa cage.

A côté du nom de son père, un autre nom était gravé dans le cœur de Marius, le nom de Thénardier. Marius, dans sa nature enthousiaste et grave, environnait d'une sorte d'auréole l'homme auquel, dans sa pensée, il devait la vie de son père, cet intrépide sergent qui avait sauvé le colonel au milieu des boulets et des balles de Waterloo. Il ne

séparait jamais le souvenir de cet homme du souvenir de son père, et il les associait dans sa véné-
ration. C'était une sorte de culte à deux degrés, le
grand autel pour le colonel, le petit pour Thénardier. Ce qui redoublait l'attendrissement de sa re-
connaissance, c'est l'idée de l'infortune où il savait
Thénardier tombé et englouti. Marius avait appris
à Montfermeil la ruine et la faillite du malheureux
aubergiste. Depuis il avait fait des efforts inouïs
pour saisir sa trace et tâcher d'arriver à lui dans ce
ténébreux abîme de la misère où Thénardier avait
disparu. Marius avait battu tout le pays; il était
allé à Chelles, à Bondy, à Gournay, à Nogent, à
Lagny. Pendant trois années il s'y était acharné,
dépensant à ces explorations le peu d'argent qu'il
épargnait. Personne n'avait pu lui donner de nouvelles de Thénardier; on le croyait passé en pays
étranger. Ses créanciers l'avaient cherché aussi,
avec moins d'amour que Marius, mais avec autant
d'acharnement, et n'avaient pu mettre la main sur
lui. Marius s'accusait et s'en voulait presque de ne
pas réussir dans ses recherches. C'était la seule
dette que lui eût laissée le colonel et Marius tenait
à honneur de la payer. — Comment, pensait-il,

quand mon père gisait mourant sur le champ de
bataille, Thénardier, lui, a bien su le trouver à travers la fumée et la mitraille et l'emporter sur ses
épaules, et il ne lui devait rien cependant, et moi
qui dois tant à Thénardier, je ne saurais pas le re-
joindre dans cette ombre où il agonise et le rap-
porter à mon tour de la mort à la vie ! Oh ! je le
retrouverai ! — Pour retrouver Thénardier en effet,
Marius eût donné un de ses bras, et pour le tirer
de la misère, tout son sang. Revoir Thénardier,
rendre un service quelconque à Thénardier, lui
dire : Vous ne me connaissez pas, eh bien, moi, je
vous connais ! Je suis là. Disposez de moi ! C'était
le plus doux et le plus magnifique rêve de Marius.

.

III

MARIUS GRANDI

A cette époque, Marius avait vingt ans. Il y avait trois ans qu'il avait quitté son grand-père. On était resté dans les mêmes termes de part et d'autre, sans tenter de rapprochement et sans chercher à se revoir. D'ailleurs, se revoir, à quoi bon? pour se heurter? Lequel eût eu raison de l'autre? Marius était le vase d'airain, mais le père Gillenormand était le pot de fer.

Disons-le, Marius s'était mépris sur le cœur de son grand-père. Il s'était figuré que M. Gillenormand ne l'avait jamais aimé, et que ce bonhomme bref, dur et riant, qui jurait, criait, tempêtait et levait la canne, n'avait pour lui tout au plus que cette affection à la fois légère et sévère des gérontes de comédie. Marius se trompait. Il y a des pères qui n'aiment pas leurs enfants; il n'existe point d'aïeul qui n'adore son petit-fils. Au fond, nous l'avons dit, M. Gillenormand idolâtrait Marius. Il l'idolâtrait à sa façon, avec accompagnement de bourrades et même de giffles; mais, cet enfant disparu, il se sentit un vide noir dans le cœur; il exigea qu'on ne lui en parlât plus, en regrettant tout bas d'être si bien obéi. Dans les premiers temps il espéra que ce buonapartiste, ce jacobin, ce terroriste, ce septembriseur reviendrait. Mais les semaines se passèrent, les mois se passèrent, les années se passèrent; au grand désespoir de M. Gillenormand, le buveur de sang ne reparut pas! — Je ne pouvais pourtant pas faire autrement que de le chasser, se disait le grand-père, et il se demandait : si c'était à refaire, le referais-je? Son orgueil sur-le-champ répondait oui, mais sa

vieille tête qu'il hochait en silence répondait tristement non. Il avait ses heures d'abattement.
Marius lui manquait. Les vieillards ont besoin
d'affections comme de soleil. C'est de la cha-
leur. Quelle que fût sa forte nature, l'absence
de Marius avait changé quelque chose en lui. Pour
rien au monde, il n'eût voulu faire un pas vers ce
« petit drôle; » mais il souffrait. Il ne s'informait
jamais de lui, mais il y pensait toujours. Il vivait,
de plus en plus retiré, au Marais. Il était encore,
comme autrefois, gai et violent, mais sa gaieté avait
une dureté convulsive comme si elle contenait de
la douleur et de la colère, et ses violences se termi-
naient toujours par une sorte d'accablement doux
et sombre. Il disait quelquefois : — Oh! s'il revenait, quel bon soufflet je lui donnerais!

Quant à la tante, elle pensait trop peu pour
aimer beaucoup; Marius n'était plus pour elle
qu'une espèce de silhouette noire et vague; et elle
avait fini par s'en occuper beaucoup moins que du
chat ou du perroquet qu'il est probable qu'elle
avait. Ce qui accroissait la souffrance secrète du
père Gillenormand, c'est qu'il la renfermait tout
entière et n'en laissait rien deviner. Son chagrin

était comme ces fournaises nouvellement inventées qui brûlent leur fumée. Quelquefois, il arrivait que des officieux malencontreux lui parlaient de Marius, et lui demandaient : — Que fait ou que devient monsieur votre petit-fils? — Le vieux bourgeois répondait, en soupirant, s'il était trop triste, ou en donnant une chiquenaude à sa manchette, s'il voulait paraître gai : — Monsieur le baron Pontmercy plaidaille dans quelque coin.

Pendant que le vieillard regrettait, Marius s'applaudissait. Comme à tous les bons cœurs, le malheur lui avait ôté l'amertume. Il ne pensait à M. Gillenormand qu'avec douceur, mais il avait tenu à ne plus rien recevoir de l'homme *qui avait été mal pour son père.* — C'était maintenant la traduction mitigée de ses premières indignations. En outre, il était heureux d'avoir souffert, et de souffrir encore. C'était pour son père. La dureté de sa vie le satisfaisait et lui plaisait. Il se disait avec une sorte de joie que — *c'était bien le moins;* — que c'était — une expiation ; que, — sans cela, il eût été puni, autrement et plus tard, de son indifférence impie pour son père et pour un tel père; — qu'il n'aurait pas été juste que son père eût eu toute la souffrance, et lui rien ; — qu'était-ce d'ailleurs que ses travaux et son dénûment comparés à la vie héroïque du colonel ? qu'enfin sa seule manière de se rapprocher de son père et de lui ressembler, c'était d'être vaillant contre l'indigence comme lui avait été brave contre l'ennemi ; et que c'était là sans doute ce que le colonel avait voulu dire par ce mot : *il en sera digne.* — Paroles que Marius continuait de porter, non sur sa poitrine, l'écrit du colonel ayant disparu, mais dans son cœur.

Et puis, le jour où son grand-père l'avait chassé, il n'était encore qu'un enfant, maintenant il était un homme. Il le sentait. La misère, insistons-y, lui avait été bonne. La pauvreté dans la jeunesse, quand elle réussit, a cela de magnifique qu'elle tourne toute la volonté vers l'effort et toute l'âme vers l'aspiration. La pauvreté met tout de suite la vie matérielle à nu et la fait hideuse ; de là d'inexprimables élans vers la vie idéale. Le jeune homme riche a cent distractions brillantes et grossières, les courses de chevaux, la chasse, les chiens, le tabac, le jeu, les bons repas, et le reste ; occupations des bas côtés de l'âme aux dépens des côtés

hauts et délicats. Le jeune homme pauvre se donne
de la peine pour avoir son pain ; il mange ; quand
il a mangé, il n'a plus que la rêverie. Il va aux
spectacles gratis que Dieu donne ; il regarde le ciel,
l'espace, les astres, les fleurs, les enfants, l'humanité dans laquelle il souffre, la création dans
laquelle il rayonne. Il regarde tant l'humanité qu'il
voit l'âme, il regarde tant la création qu'il voit
Dieu. Il rêve, il se sent grand ; il rêve encore, et il
se sent tendre. De l'égoïsme de l'homme qui souffre,
il passe à la compassion de l'homme qui médite.
Un admirable sentiment éclate en lui, l'oubli de soi
et la pitié pour tous. En songeant aux jouissances
sans nombre que la nature offre, donne et prodigue
aux âmes ouvertes et refuse aux âmes fermées, il
en vient à plaindre, lui millionnaire de l'intelligence, les millionnaires de l'argent. Toute haine
s'en va de son cœur à mesure que toute clarté entre
dans son esprit. D'ailleurs est-il malheureux ? Non.
La misère d'un jeune homme n'est jamais misérable. Le premier jeune garçon venu, si pauvre
qu'il soit, avec sa santé, sa force, sa marche vive,
ses yeux brillants, son sang qui circule chaude-
ment, ses cheveux noirs, ses joues fraîches, ses

lèvres roses, ses dents blanches, son souffle pur,
fera toujours envie à un vieil empereur. Et puis
chaque matin il se remet à gagner son pain ; et
tandis que ses mains gagnent du pain, son épine
dorsale gagne de la fierté, son cerveau gagne des
idées. Sa besogne finie, il revient aux extases inef-
fables, aux contemplations, aux joies ; il vit les
pieds dans les afflictions, dans les obstacles, sur le
pavé, dans les ronces, quelquefois dans la boue,
la tête dans la lumière. Il est ferme, serein, doux,
paisible, attentif, sérieux, content de peu, bienveillant ; et il bénit Dieu de lui avoir donné ces deux
richesses qui manquent à bien des riches : le travail qui le fait libre et la pensée qui le fait digne.

C'était là ce qui s'était passé en Marius. Il avait
même, pour tout dire, un peu trop versé du côté
de la contemplation. Du jour où il était arrivé à
gagner sa vie à peu près sûrement, il s'était arrêté
là, trouvant bon d'être pauvre, et retranchant au
travail pour donner à la pensée. C'est-à-dire qu'il
passait quelquefois des journées entières à songer,
plongé et englouti comme un visionnaire dans les
voluptés muettes de l'extase et du rayonnement
intérieur. Il avait ainsi posé le problème de sa vie :

travailler le moins possible du travail matériel pour
travailler le plus possible du travail impalpable;
en d'autres termes, donner quelques heures à la
vie réelle, et jeter le reste dans l'infini. Il ne s'apercevait pas, croyant ne manquer de rien, que la
contemplation ainsi comprise finit par être une des
formes de la paresse; qu'il s'était contenté de
dompter les premières nécessités de la vie, et qu'il
se reposait trop tôt.

Il était évident que, pour cette nature éner-
gique et généreuse, ce ne pouvait être là qu'un état
transitoire, et qu'au premier choc contre les iné-
vitables complications de la destinée, Marius se
réveillerait.

En attendant, bien qu'il fût avocat et quoi qu'en
pensât le père Gillenormand, il ne plaidait pas, il
ne plaidaillait même pas. La rêverie l'avait dé-
tourné de la plaidoirie. Hanter les avoués, suivre
le palais, chercher des causes, ennui. Pourquoi
faire? Il ne voyait aucune raison pour changer de
gagne-pain. Cette librairie marchande et obscure
avait fini par lui faire un travail sûr, un travail de
peu de labeur, qui, comme nous venons de l'expliquer, lui suffisait.

Un des libraires pour lesquels il travaillait,
M. Magimel, je crois, lui avait offert de le prendre
chez lui, de le bien loger, de lui fournir un travail
régulier et de lui donner quinze cents francs par
an. Être bien logé! quinze cents francs! Sans
doute. Mais renoncer à sa liberté! être un gagiste!
une espèce d'homme de lettres commis! Dans la
pensée de Marius, en acceptant, sa position devenait meilleure et pire en même temps, il gagnait
du bien-être et perdait de la dignité; c'était un
malheur complet et beau qui se changeait en une
gêne laide et ridicule; quelque chose comme un
aveugle qui deviendrait borgne. Il refusa.

Marius vivait solitaire. Par ce goût qu'il avait
de rester en dehors de tout, et aussi pour avoir été
par trop effarouché, il n'était décidément pas entré
dans le groupe présidé par Enjolras. On était resté
bons camarades; on était prêt à s'entr'aider dans
l'occasion de toutes les façons possibles; mais rien
de plus. Marius avait deux amis, un jeune, Courfeyrac, et un vieux, M. Mabeuf. Il penchait vers le
vieux. D'abord il lui devait la révolution qui s'était
faite en lui; il lui devait d'avoir connu et aimé
son père. *Il m'a opéré de la cataracte,* disait-il.

Certes, ce marguillier avait été décisif.

Ce n'est pas pourtant que M. Mabeuf eût été dans cette occasion autre chose que l'agent calme et impassible de la providence. Il avait éclairé Marius par hasard et sans le savoir, comme fait une chandelle que quelqu'un apporte; il avait été la chandelle et non le quelqu'un.

Quant à la révolution politique intérieure de Marius, M. Mabeuf était tout à fait incapable de la comprendre, de la vouloir et de la diriger.

Comme on retrouvera plus tard M. Mabeuf, quelques mots ne sont pas inutiles.

IV

M. MABEUF

Le jour où M. Mabeuf disait à Marius : *Certaine-ment, j'approuve les opinions politiques,* il expri-mait le véritable état de son esprit. Toutes les opinions politiques lui étaient indifférentes, et il les approuvait toutes sans distinguer, pour qu'elles le laissassent tranquille, comme les grecs appelaient les Furies « les belles, les bonnes, les char-mantes, » les *Euménides.* M. Mabeuf avait pour

opinion politique d'aimer passionnément les plantes,
et surtout les livres. Il possédait comme tout le
monde sa terminaison en *iste,* sans laquelle personne n'aurait pu vivre en ce temps-là, mais il
n'était ni royaliste, ni bonapartiste, ni chartiste, ni
orléaniste, ni anarchiste; il était bouquiniste.

Il ne comprenait pas que les hommes s'occu-
passent à se haïr à propos de billevesées comme
la charte, la démocratie, la légitimité, la monarchie, la république, etc., lorsqu'il y avait dans ce
monde toutes sortes de mousses, d'herbes et d'arbustes qu'ils pouvaient regarder, et des tas d'in-
folio et même d'in-trente-deux qu'ils pouvaient
feuilleter. Il se gardait fort d'être inutile ; avoir des
livres ne l'empêchait pas de lire, être botaniste ne
l'empêchait pas d'être jardinier. Quand il avait
connu Pontmercy, il y avait eu cette sympathie
entre le colonel et lui, que ce que le colonel faisait pour les fleurs, il le faisait pour les fruits.
M. Mabeuf était parvenu à produire des poires de
semis aussi savoureuses que les poires de Saint-
Germain; c'est d'une de ses combinaisons qu'est
née, à ce qu'il paraît, la mirabelle d'octobre, célèbre aujourd'hui, et non moins parfumée que

la mirabelle d'été. Il allait à la messe plutôt par
douceur que par dévotion, et puis parce qu'aimant le visage des hommes, mais haïssant leur
bruit, il ne les trouvait qu'à l'église réunis et
silencieux. Sentant qu'il fallait être quelque chose
dans l'État, il avait choisi la carrière de marguillier. Du reste, il n'avait jamais réussi à aimer
aucune femme autant qu'un oignon de tulipe ou
aucun homme autant qu'un elzevir. Il avait depuis
longtemps passé soixante ans lorsqu'un jour quelqu'un lui demanda : — Est-ce que vous ne vous
êtes jamais marié? — J'ai oublié, dit-il. Quand il
lui arrivait parfois, — à qui cela n'arrive-t-il pas?
— de dire : — Oh! si j'étais riche! — ce n'était
pas en lorgnant une jolie fille, comme le père Gillenormand, c'était en contemplant un bouquin. Il
vivait seul, avec une vieille gouvernante. Il était un
peu chiragre, et quand il dormait, ses vieux doigts,
ankylosés par le rhumatisme, s'arc-boutaient dans
les plis de ses draps. Il avait fait et publié une
Flore des environs de Cauteretz avec planches co-
loriées, ouvrage assez estimé dont il possédait les
cuivres et qu'il vendait lui-même. On venait deux
ou trois fois par jour sonner chez lui, rue Mézières,

pour cela. Il en tirait bien deux mille francs par
an ; c'était à peu près là toute sa fortune. Quoique
pauvre, il avait eu le talent de se faire, à force de
patience, de privations et de temps, une collection
précieuse d'exemplaires rares en tout genre. Il ne
sortait jamais qu'avec un livre sous le bras et il
revenait souvent avec deux. L'unique décoration
des quatre chambres au rez-de-chaussée qui, avec
un petit jardin, composaient son logis, c'étaient
des herbiers encadrés et des gravures de vieux
maîtres. La vue d'un sabre ou d'un fusil le gla-
çait. De sa vie, il n'avait approché d'un canon,
même aux Invalides. Il avait un estomac passable,
un frère curé, les cheveux tout blancs, plus de
dents ni dans la bouche ni dans l'esprit, un tremblement de tout le corps, l'accent picard, un rire
enfantin, l'effroi facile, et l'air d'un vieux mouton.
Avec cela point d'autre amitié ou d'autre habitude
parmi les vivants qu'un vieux libraire de la porte
Saint-Jacques appelé Royol. Il avait pour rêve de
naturaliser l'indigo en France.

Sa servante était, elle aussi, une variété de l'innocence. La pauvre bonne vieille femme était
vierge. Sultan, son matou, qui eût pu miauler le

miserere d'Allegri à la chapelle Sixtine, avait rem-
pli son cœur et suffisait à la quantité de passion
qui était en elle. Aucun de ses rêves n'était allé
jusqu'à l'homme. Elle n'avait jamais pu franchir
son chat. Elle avait, comme lui, des moustaches.
Sa gloire était dans ses bonnets toujours blancs.
Elle passait son temps le dimanche après la messe
à compter son linge dans sa malle et à étaler sur
son lit des robes en pièce qu'elle achetait et ne faisait jamais faire. Elle savait lire. M. Mabeuf l'avait
surnommée *la mère Plutarque*.

M. Mabeuf avait pris Marius en gré, parce que
Marius, étant jeune et doux, réchauffait sa vieillesse sans effaroucher sa timidité. La jeunesse avec
la douceur fait aux vieillards l'effet du soleil sans
le vent. Quand Marius était saturé de gloire militaire, de poudre à canon, de marches et de contre-
marches, et de toutes ces prodigieuses batailles où
son père avait donné et reçu de si grands coups de
sabre, il allait voir M. Mabeuf, et M. Mabeuf lui
parlait du héros au point de vue des fleurs.

Vers 1830, son frère le curé était mort, et
presque tout de suite, comme lorsque la nuit vient,
tout l'horizon s'était assombri pour M. Mabeuf. Une

faillite — de notaire — lui enleva une somme de dix mille francs, qui était tout ce qu'il possédait du chef de son frère et du sien. La révolution de Juillet amena une crise dans la librairie. En temps de gêne, la première chose qui ne se vend pas, c'est une *Flore*. La *Flore des environs de Cauteretz* s'arrêta court. Des semaines s'écoulaient sans un acheteur. Quelquefois M. Mabeuf tressaillait à un coup de sonnette. — Monsieur, lui disait tristement la mère Plutarque, c'est le porteur d'eau. — Bref, un jour M. Mabeuf quitta la rue Mézières, abdiqua les fonctions de marguillier, renonça à Saint-Sulpice, vendit une partie, non de ses livres, mais de ses estampes, — ce à quoi il tenait le moins, — et s'alla installer dans une petite maison du boulevard Montparnasse, où du reste il ne demeura qu'un trimestre, pour deux raisons : premièrement, le rez-de-chaussée et le jardin coûtaient trois cents francs et il n'osait pas mettre plus de deux cents francs à son loyer; deuxièmement, étant voisin du tir Fatou, il entendait des coups de pistolet ; ce qui lui était insupportable.

Il emporta sa *Flore,* ses cuivres, ses herbiers, ses portefeuilles et ses livres, et s'établit près de la Salpêtrière dans une espèce de chaumière du village d'Austerlitz, où il avait pour cinquante écus par an trois chambres et un jardin clos d'une haie avec puits. Il profita de ce déménagement pour vendre presque tous ses meubles. Le jour de son entrée dans ce nouveau logis, il fut très-gai et cloua lui-même les clous pour accrocher les gravures et les herbiers, il piocha son jardin le reste de la journée, et le soir, voyant que la mère Plutarque avait l'air morne et songeait, il lui frappa sur l'épaule et lui dit en souriant : — Nous avons l'indigo !

Deux seuls visiteurs, le libraire de la porte Saint-Jacques et Marius, étaient admis à le voir dans sa chaumière d'Austerlitz, nom tapageur qui lui était, pour tout dire, assez désagréable.

Du reste, comme nous venons de l'indiquer, les cerveaux absorbés dans une sagesse, ou dans une folie, ou, ce qui arrive souvent, dans les deux à la fois, ne sont que très-lentement perméables aux choses de la vie. Leur propre destin leur est lointain. Il résulte de ces concentrations-là une passivité qui, si elle était raisonnée, ressemblerait à la philosophie. On décline, on descend, on s'écoule,

on s'écroule même, sans trop s'en apercevoir. Cela
finit toujours, il est vrai, par un réveil, mais tar-
dif. En attendant, il semble qu'on soit neutre dans
le jeu qui se joue entre notre bonheur et notre malheur. On est l'enjeu, et l'on regarde la partie avec
indifférence.

C'est ainsi qu'à travers cet obscurcissement qui
se faisait autour de lui, toutes ses espérances s'étei-
gnant l'une après l'autre, M. Mabeuf était resté
serein, un peu puérilement, mais très-profondément. Ses habitudes d'esprit avaient le va-et-vient
d'un pendule. Une fois monté par une illusion, il
allait très-longtemps, même quand l'illusion avait
disparu. Une horloge ne s'arrête pas court au moment précis où l'on en perd la clef.

M. Mabeuf avait des plaisirs innocents. Ces plaisirs étaient peu coûteux et inattendus; le moindre
hasard les lui fournissait. Un jour la mère Plutarque lisait un roman dans un coin de la chambre.
Elle lisait haut, trouvant qu'elle comprenait mieux
ainsi. Lire haut, c'est s'affirmer à soi-même sa lec-
ture. Il y a des gens qui lisent très-haut et qui ont
l'air de se donner leur parole d'honneur de ce qu'ils
lisent.

La mère Plutarque lisait avec cette énergie-là le roman qu'elle tenait à la main. M. Mabeuf entendait sans écouter.

Tout en lisant, la mère Plutarque arriva à cette phrase. Il était question d'un officier de dragons et d'une belle :

« ... La belle bouda, et le dragon... »

Ici elle s'interrompit pour essuyer ses lunettes.

— Bouddha et le Dragon, reprit à demi-voix M. Mabeuf. Oui, c'est vrai, il y avait un dragon qui, du fond de sa caverne, jetait des flammes par la gueule et brûlait le ciel. Plusieurs étoiles avaient déjà été incendiées par ce monstre qui, en outre, avait des griffes de tigre. Bouddha alla dans son antre et réussit à convertir le dragon. C'est un bon livre que vous lisez là, mère Plutarque. Il n'y a pas de plus belle légende.

Et M. Mabeuf tomba dans une rêverie délicieuse.

V

PAUVRETÉ BONNE VOISINE DE MISÈRE

Marius avait du goût pour ce vieillard candide qui se voyait lentement saisi par l'indigence, et qui arrivait à s'étonner peu à peu, sans pourtant s'attrister encore. Marius rencontrait Courfeyrac et cherchait M. Mabeuf. Fort rarement pourtant, une ou deux fois par mois, tout au plus.

Le plaisir de Marius était de faire de longues promenades seul sur les boulevards extérieurs, ou au Champ de Mars, ou dans les allées les moins fréquentées du Luxembourg. Il passait quelquefois une demi-journée à regarder le jardin d'un maraîcher, les carrés de salade, les poules dans le fumier et le cheval tournant la roue de la noria. Les passants le considéraient avec surprise, et quelques-uns lui trouvaient une mise suspecte et une mine sinistre. Ce n'était qu'un jeune homme pauvre rêvant sans objet.

C'est dans une de ses promenades qu'il avait découvert la masure Gorbeau, et l'isolement et le bon marché le tentant, il s'y était logé. On ne l'y connaissait que sous le nom de monsieur Marius.

Quelques-uns des anciens généraux ou des anciens camarades de son père l'avaient invité, quand ils le connurent, à les venir voir. Marius n'avait point refusé. C'étaient des occasions de parler de son père. Il allait ainsi de temps en temps chez le comte Pajol, chez le général Bellavesne, chez le général Fririon, aux Invalides. On y faisait de la musique, on y dansait. Ces soirs-là Marius mettait son habit neuf. Mais il n'allait jamais à ces soirées ni à ces bals que les jours où il gelait à pierre fendre,

car il ne pouvait payer une voiture et il ne voulait
arriver qu'avec des bottes comme des miroirs.

Il disait quelquefois, mais sans amertume : —
Les hommes sont ainsi faits que, dans un salon,
vous pouvez être crotté partout, excepté sur les souliers. On ne vous demande là, pour vous bien ac-
cueillir, qu'une chose irréprochable, la conscience?
non, les bottes.

Toutes les passions, autres que celles du cœur,
se dissipent dans la rêverie. Les fièvres politiques
de Marius s'y étaient évanouies. La révolution de
1830, en le satisfaisant, et en le calmant, y avait
aidé. Il était resté le même, aux colères près. Il
avait toujours les mêmes opinions. Seulement elles
s'étaient attendries. A proprement parler, il n'avait
plus d'opinions, il avait des sympathies. De quel
parti était-il? du parti de l'humanité. Dans l'humanité il choisissait la France; dans la nation il choisissait le peuple; dans le peuple il choisissait la
femme. C'était là surtout que sa pitié allait. Maintenant il préférait une idée à un fait, un poëte à un
héros, et il admirait plus encore un livre comme Job
qu'un événement comme Marengo. Et puis quand,
après une journée de méditation, il s'en revenait le

soir par les boulevards et qu'à travers les branches
des arbres il apercevait l'espace sans fond, les
lueurs sans nom, l'abîme, l'ombre, le mystère, tout
ce qui n'est qu'humain lui semblait bien petit.

Il croyait être et il était peut-être en effet arrivé
au vrai de la vie et de la philosophie humaine, et il
avait fini par ne plus guère regarder que le ciel,
seule chose que la vérité puisse voir du fond de son
puits.

Cela ne l'empêchait pas de multiplier les plans,
les combinaisons, les échafaudages, les projets
d'avenir. Dans cet état de rêverie, un œil qui eût
regardé au dedans de Marius, eût été ébloui de la
pureté de cette âme. En effet, s'il était donné à nos
yeux de chair de voir dans la conscience d'autrui,
on jugerait bien plus sûrement un homme d'après
ce qu'il rêve que d'après ce qu'il pense. Il y a de
la volonté dans la pensée, il n'y en a pas dans le
rêve. Le rêve, qui est tout spontané, prend et
garde, même dans le gigantesque et l'idéal, la
figure de notre esprit. Rien ne sort plus directe-
ment et plus sincèrement du fond même de notre
âme que nos aspirations irréfléchies et démesurées
vers les splendeurs de la destinée. Dans ces aspi-

rations, bien plus que dans les idées composées, raisonnées et coordonnées, on peut retrouver le vrai caractère de chaque homme. Nos chimères sont ce qui nous ressemble le mieux. Chacun rêve l'inconnu et l'impossible selon sa nature.

Vers le milieu de cette année 1831, la vieille qui servait Marius lui conta qu'on allait mettre à la porte ses voisins, le misérable ménage Jondrette. Marius, qui passait presque toutes ses journées dehors, savait à peine qu'il eût des voisins.

— Pourquoi les renvoie-t-on? dit-il.

— Parce qu'ils ne payent pas leur loyer, ils doivent deux termes.

— Combien est-ce?

— Vingt francs, dit la vieille.

Marius avait trente francs en réserve dans un tiroir.

— Tenez, dit-il à la vieille, voilà vingt-cinq francs. Payez pour ces pauvres gens, donnez-leur cinq francs et ne dites pas que c'est moi.

VI

LE REMPLAÇANT

Le hasard fit que le régiment dont était le lieutenant Théodule vint tenir garnison à Paris. Ceci
fut l'occasion d'une deuxième idée pour la tante
Gillenormand. Elle avait, une première fois, ima-
giné de faire surveiller Marius par Théodule ; elle
complota de faire succéder Théodule à Marius.

A toute aventure, et pour le cas où le grand-
père aurait le vague besoin d'un jeune visage dans

la maison, ces rayons d'aurore sont quelquefois
doux aux ruines, il était expédient de trouver un
autre Marius. Soit, pensa-t-elle, c'est un simple
erratum comme j'en vois dans les livres, Marius,
lisez Théodule.

Un petit-neveu est l'à peu près d'un petit-fils;
à défaut d'un avocat, on prend un lancier.

Un matin que M. Gillenormand était en train
de lire quelque chose comme *la Quotidienne,* sa
fille entra, et lui dit de sa voix la plus douce, car
il s'agissait de son favori :

— Mon père, Théodule va venir ce matin vous
présenter ses respects.

— Qui ça, Théodule?

— Votre petit-neveu.

— Ah ! fit le grand-père.

Puis il se remit à lire, ne songea plus au petit-
neveu qui n'était qu'un Théodule quelconque, et
ne tarda pas à avoir beaucoup d'humeur, ce qui
lui arrivait presque toujours quand il lisait. La
« feuille » qu'il tenait, royaliste d'ailleurs, cela va
de soi, annonçait pour le lendemain, sans aménité
aucune, un des petits événements quotidiens du
Paris d'alors : — Que les élèves des écoles de

droit et de médecine devaient se réunir sur la place du Panthéon à midi, — pour délibérer. — Il s'agissait d'une des questions du moment : de l'artillerie de la garde nationale, et d'un conflit entre le ministre de la guerre et « la milice citoyenne » au sujet des canons parqués dans la cour du Louvre. Les étudiants devaient « délibérer » là-dessus. Il n'en fallait pas beaucoup plus pour gonfler M. Gillenormand.

Il songea à Marius, qui était étudiant, et qui, probablement, irait, comme les autres, « délibérer, à midi, sur la place du Panthéon. »

Comme il faisait ce songe pénible, le lieutenant Théodule entra, vêtu en bourgeois, ce qui était habile, et discrètement introduit par mademoiselle Gillenormand. Le lancier avait fait ce raisonnement : — Le vieux druide n'a pas tout placé en viager. Cela vaut bien qu'on se déguise en pékin de temps en temps.

Mademoiselle Gillenormand dit, haut, à son père :

— Théodule, votre petit-neveu.

Et, bas, au lieutenant :

— Approuve tout.

Et se retira.

Le lieutenant, peu accoutumé à des rencontres si vénérables, balbutia avec quelque timidité : Bonjour, mon oncle, et fit un salut mixte composé de l'ébauche involontaire et machinale du salut militaire achevée en salut bourgeois.

— Ah! c'est vous; c'est bien, asseyez-vous, dit l'aïeul.

Cela dit, il oublia parfaitement le lancier.

Théodule s'assit, et M. Gillenormand se leva.

M. Gillenormand se mit à marcher de long en large, les mains dans ses poches, parlant tout haut, et tourmentant avec ses vieux doigts irrités les deux montres qu'il avait dans ses deux goussets.

— Ce tas de morveux! ça se convoque sur la place du Panthéon! Vertu de ma mie! Des galopins qui étaient hier en nourrice! Si on leur pressait le nez, il en sortirait du lait! Et ça délibère demain à midi! Où va-t-on? où va-t-on? Il est clair qu'on va à l'abîme. C'est là que nous ont conduits les descamisados ! L'artillerie citoyenne! Délibérer sur l'artillerie citoyenne! S'en aller jaboter en plein air sur les pétarades de la garde nationale! Et avec qui vont-ils se trouver là? Voyez

un peu où mène le jacobinisme. Je parie tout ce
qu'on voudra, un million contre un fichtre, qu'il
n'y aura là que des repris de justice et des forçats
libérés. Les républicains et les galériens, ça ne fait
qu'un nez et qu'un mouchoir. Carnot disait : Où
veux-tu que j'aille, traître? Fouché répondait : Où
tu voudras, imbécile! Voilà ce que c'est que les
républicains.

— C'est juste, dit Théodule.

M. Gillenormand tourna la tête à demi, vit Théodule, et continua :

— Quand on pense que ce drôle a eu la scélé-
ratesse de se faire carbonaro! Pourquoi as-tu
quitté ma maison? Pour t'aller faire républicain.
Pssst! d'abord le peuple n'en veut pas de ta république, il n'en veut pas, il a du bon sens, il sait
bien qu'il y a toujours eu des rois et qu'il y en
aura toujours, il sait bien que le peuple, après
tout, ce n'est que le peuple, il s'en burle, de ta
république, entends-tu, crétin? Est-ce assez horrible, ce caprice-là? S'amouracher du Père Du-
chesne, faire les yeux doux à la guillotine, chanter
des romances et jouer de la guitare sous le balcon
de 93, c'est à cracher sur tous ces jeunes gens-là,

tant ils sont bêtes! Ils en sont tous là. Pas un
n'échappe. Il suffit de respirer l'air qui passe dans
la rue pour être insensé. Le dix-neuvième siècle
est du poison. Le premier polisson venu laisse
pousser sa barbe de bouc, se croit un drôle pour
de vrai, et vous plante là les vieux parents. C'est
républicain, c'est romantique. Qu'est-ce que c'est
que ça, romantique? faites-moi l'amitié de me dire
ce que c'est que ça? Toutes les folies possibles. Il
y a un an, ça vous allait à *Hernani*. Je vous demande un peu, *Hernani!* des antithèses! des abo-
minations qui ne sont pas même écrites en français! Et puis on a des canons dans la cour du
Louvre. Tels sont les brigandages de ce temps-ci.

— Vous avez raison, mon oncle, dit Théodule.

M. Gillenormand reprit :

— Des canons dans la cour du Muséum! pourquoi faire? Canon, que me veux-tu? Vous voulez
donc mitrailler l'Apollon du Belvédère? Qu'est-ce
que les gargousses ont à faire avec la Vénus de
Médicis? Oh! ces jeunes gens d'à présent, tous des
chenapans! Quel pas grand'chose que leur Benjamin Constant! Et ceux qui ne sont pas des scé-
lérats sont des dadais! Ils font tout ce qu'ils peu-

vent pour être laids, ils sont mal habillés, ils ont
peur des femmes, ils ont autour des cotillons un air
de mendier qui fait éclater de rire les jeannetons ;
ma parole d'honneur, on dirait les pauvres honteux de l'amour. Ils sont difformes, et ils se com-
plètent en étant stupides ; ils répètent les calembours
de Tiercelin et de Potier, ils ont des habits-sacs,
des gilets de palefrenier, des chemises de grosse
toile, des pantalons de gros drap, des bottes de
gros cuir, et le ramage ressemble au plumage.
On pourrait se servir de leur jargon pour resse-
meler leurs savates. Et toute cette inepte mar-
maille vous a des opinions politiques. Il devrait
être sévèrement défendu d'avoir des opinions po-
li iques. Ils fabriquent des systèmes, ils refont la
société, ils démolissent la monarchie, ils flan-
quent par terre toutes les lois, ils mettent le grenier à la place de la cave, et mon portier à la
place du roi, ils bousculent l'Europe de fond en
comble, ils rebâtissent le monde, et ils ont pour
bonnes fortunes de regarder sournoisement les
jambes des blanchisseuses qui remontent dans
leurs charrettes ! Ah ! Marius ! Ah ! gueusard !
aller vociférer en place publique ! discuter, dé-

battre, prendre des mesures! ils appellent cela des mesures, justes dieux! le désordre se rapetisse et devient niais. J'ai vu le chaos, je vois le gâchis. Des écoliers délibérer sur la garde nationale, cela ne se verrait pas chez les Ogibewas et chez les Cadodaches! Les sauvages qui vont tout nus, la caboche coiffée comme un volant de raquette, avec une massue à la patte, sont moins brutes que ces bacheliers-là! Des marmousets de quatre sous! ça fait les entendus et les jordonnes! ça délibère et ratiocine! c'est la fin du monde. C'est évidemment la fin de ce misérable globe terraqué. Il fallait un hoquet final, la France le pousse. Délibérez, mes drôles! Ces choses-là arriveront tant qu'ils iront lire les journaux sous les arcades de l'Odéon. Cela leur coûte un sou, et leur bon sens, et leur intelligence, et leur cœur, et leur âme, et leur esprit. On sort de là, et l'on fiche le camp de chez sa famille. Tous les journaux sont de la peste ; tous, même le *Drapeau Blanc!* au fond Martainville était un jacobin. Ah! juste ciel! tu pourras te vanter d'avoir désespéré ton grand-père, toi!

— C'est évident, dit Théodule.

Et profitant de ce que M. Gillenormand reprenait haleine, le lancier ajouta magistralement :

— Il ne devrait pas y avoir d'autre journal que le *Moniteur* et d'autre livre que l'*Annuaire militaire*.

M. Gillenormand poursuivit :

— C'est comme leur Sieyès ! un régicide aboutissant à un sénateur; car c'est toujours par là qu'ils finissent. On se balafre avec le tutoiement citoyen pour arriver à se faire dire monsieur le comte. Monsieur le comte gros comme le bras, des assommeurs de septembre. Le philosophe Sieyès ! Je me rends cette justice que je n'ai jamais fait plus de cas des philosophies de tous ces philosophes-là que des lunettes du grimacier de Tivoli ! J'ai vu un jour les sénateurs passer sur le quai Malaquais en manteaux de velours violet semés d'abeilles avec des chapeaux à la Henri IV. Ils étaient hideux. On eût dit les singes de la cour du tigre. Citoyens, je vous déclare que votre progrès est une folie, que votre humanité est un rêve, que votre révolution est un crime, que votre république est un monstre, que votre jeune France pucelle sort du lupanar, et je vous le soutiens à tous, qui que vous soyez, fussiez-vous publicistes, fussiez-vous économistes, fussiez-vous légistes, fussiez-vous plus connaisseurs en liberté, en égalité et en fraternité que le couperet de la guillotine! Je vous signifie cela, mes bonshommes!

— Parbleu, cria le lieutenant, voilà qui est admirablement vrai.

M. Gillenormand interrompit un geste qu'il avait commencé, se retourna, regarda fixement le lancier Théodule entre les deux yeux, et lui dit :

— Vous êtes un imbécile.

FIN DU TOME CINQUIÈME.

TABLE

TABLE

DU TOME CINQUIÈME

——

TROISIÈME PARTIE

MARIUS

—

LIVRE PREMIER

PARIS ÉTUDIÉ DANS SON ATOME

LIVRE DEUXIÈME

LE GRAND BOURGEOIS

LIVRE TROISIÈME

LE GRAND-PÈRE ET LE PETIT-FILS

LIVRE QUATRIÈME

LES AMIS DE L'A B C

LIVRE CINQUIÈME

EXCELLENCE DU MALHEUR

———

PARIS. — IMPRIMERIE DE J. CLAYE, RUE SAINT-DENOIT, 7

OEUVRES

DE

VICTOR HUGO

POÉSIE

ODES ET BALLADES.

LES ORIENTALES

LES FEUILLES D'AUTOMNE.

LES CHANTS DU CREPUSCULE.

LES VOIX INTERIEURES.

LES RAYONS ET LES OMBRES.

LES CONTEMPLATIONS.

LA LEGENDE DES SIÈGLES.

ROMAN

HAN D'ISLANDE.

BUG JARGAL.

LE DERNIER JOUR D'UN CONDAMNÉ.

CLAUDE GUEUX.

NOTRE-DAME DE PARIS.

LES MISERABLES

DRAME

CROMWELL.

HERNANI.

MARION DELORME.

LE ROI S'AMUSE.

LUCRÈCE BORGIA.

MARIE TUDOR.

ANGELO, TYRAN DE PADOUE.

LA ESMÉRALDA.

RUY BLAS.

LES BURGRAVES

LITTÉRATURE ET PHILOSOPHIE MÊLÉES.

LE RHIN.

LES ENFANTS.

(Choix de ce que Victor Hugo a écrit sur les enfants.)

OEUVRES ORATOIRE

(Institut, Chambre des Pairs, Assemblée constituante, Assemblée législative.)

ÉDITION HETZEL MARESCQ, GRAND IN-8º (ILLUSTRÉE). La livraison . 25 c.

EDITION HETZEL-LEVY, FORMAT DE POCHE . . . . . Le volume. 1 fr. »

EDITION HETZEL-HACHETTE, IN-18 . . . . — 1 fr. »

EDITION LECOU-HACHETTE, IN-18 ANGLAIS. . . . . — 3 fr. 50

EDITION HOUSSIAUX, IN-8º . . . . — 5 fr. »

PARIS — IMPRIMERIE DE J. CLAYE, RUE SAINT-BENOIT, 7

www.ingramcontent.com/pod-product-compliance
Lightning Source LLC
Chambersburg PA
CBHW071843020726
47502CB00003B/579